La Poésie des arbres

LA POÉSIE DES ARBRES

UNE ANTHOLOGIE DES PLUS BEAUX POÈMES PAR JEAN ORIZET

le cherche midi

Frontispice page de titre : Brunet, *L'Arbre du voyageur* (*Ravenala*), pierre noire, 2025.

Vous pouvez consulter notre catalogue général
et l'annonce de nos prochaines parutions sur notre site :
www.cherche-midi.com

92, avenue de France
75013 Paris
serviceclients@lisez.com

Composition : Facompo
Dépôt légal : mai 2025
ISBN : 978-2-7491-8341-1

AVANT-PROPOS
LES ARBRES DE MA VIE

J'ai fait le tour du monde des arbres, non pas en quatre-vingts jours comme Phileas Fogg, le héros de Jules Verne, mais en quelques décennies, à l'occasion de voyages sur notre planète.

Très tôt, j'ai eu commerce avec les arbres. Mon père, ingénieur agronome, m'apprit à les nommer, à les connaître puis à les aimer. Mon grand-père maternel, lui, me parlait de bois exotiques qu'il achetait pour le compte d'un chantier naval, à Marseille : ébène, acajou, palissandre, macassar. Il m'expliquait que ces bois précieux au grain très dur provenaient de pays d'Afrique et d'Asie.

Enfant, dans mon village natal de Saint-Henry, entre Marseille et l'Estaque, en sortant de la maison pour aller à l'école communale, je devais traverser une grande place ombragée de platanes sous lesquels se déroulaient d'homériques parties de pétanque ! Ces platanes furent mes premiers arbres.

Derrière la maison commençait « la colline » où j'allais jouer aux Indiens, le jeudi, avec mes camarades de classe. Il suffisait de parcourir quelques centaines de mètres pour se trouver au milieu de la garrigue piquetée de pins parasols, chênes verts, oliviers et cyprès. Ceux-là furent aussi mes « premiers arbres », mon héritage provençal.

Préadolescent, je vivrai dans des maisons à la campagne, en pays mâconnais puis beaujolais. Ces résidences

– elles dataient du XIXᵉ siècle – étaient entourées d'un parc au milieu duquel trônaient, selon l'usage, un cèdre ou un épicéa. On y trouvait aussi le plus souvent un araucaria et un paulownia, arbres d'ornement, un mûrier, des tilleuls, une charmille, des chênes, des hêtres, des frênes, des sapins et des pins, le tout complété par un saule pleureur au-dessus de la pièce d'eau lorsqu'il en existait une. Ces arbres me devinrent familiers, sans oublier, dans le verger qui jouxtait le parc, des cerisiers, pêchers, poiriers, pruniers et pommiers sur lesquels il fallait prendre les oiseaux de vitesse quand les fruits étaient là.

Mais avant ces grandes demeures campagnardes, je vivrai dans la maison familiale de Mâcon, solide bâtisse en lisière de la ville où je passais des heures dans le grenier à lire des ouvrages de la « Bibliothèque verte », à écouter de vieux disques sur un phonographe à manivelle et à fabriquer toutes sortes d'objets. Avec le grenier, le jardin fut mon autre espace vital. Clos de hauts murs de pierre couverts d'ampélopsis, il représentait un lieu à la fois sauvage et ordonné, avec ses allées, ses plates-bandes, ses pelouses et ses arbres fruitiers. Très vite, j'eus la tentation de franchir le mur au fond du jardin, mur derrière lequel existait un grand parc planté de nombreuses essences. Ce parc devint à la fois jungle, forêt vierge et territoire interdit où je m'aventurais le cœur battant, progressant avec des ruses de Sioux sur le sentier de la guerre pour éviter le jardinier. Ce parc entourait un petit château fin de siècle où vivaient de riches industriels.

Éveillée dans le monde clos du grenier, ma rêverie prit son essor dans ces espaces ouverts. Sous les toits, je lisais des livres de papier ; dans le jardin et le parc, j'appris à déchiffrer le grand livre de la nature. Dans une malle, j'avais découvert les cahiers d'études de mon père, qui était un excellent dessinateur. Je fus saisi d'admiration devant la qualité de ses planches : botanique, minéralogie, entomologie, ornithologie. Un monde inconnu se révélait à moi que j'allais m'appliquer à identifier in vivo.

Mon sommeil était peuplé de rêves d'herboriste qui, à l'échelle enfantine, prenaient des proportions démesurées.

J'escaladais l'un après l'autre les arbres du parc – chênes, hêtres sapins – comme pour les apprivoiser. Dans les plus grands, j'aménageais des postes d'observation faits de branches entrecroisées taillées sur place à l'aide de mon couteau de poche.

Avec mes camarades de collège, je construisais aussi des cabanes aériennes dans les bois entourant Mâcon, dans les saules bordant des petites rivières, établissant de l'un à l'autre des sortes de ponts suspendus.

Mes cabanes étaient dignes de celle du Baron perché, ce personnage d'Italo Calvino que j'allais découvrir au fil des lectures : un jour de juin 1767, à la suite d'un caprice d'enfant – il refusait de manger des escargots servis au déjeuner –, Côme Laverse du Rondeau quitta la table familiale, grimpa dans le grand chêne vert qui ornait le parc familial et y passa le reste de sa vie.

Monter dans les arbres, c'est retourner à l'origine. Tout commence, pour l'espèce humaine, quand une race de petits mammifères – ils devaient être proches de l'actuel tarsier, lémurien de la taille d'un rat, vivant en Malaisie –, afin de se protéger des dinosaures dont ils constituaient la nourriture préférée, se réfugièrent au sommet des arbres, y prirent leurs habitudes avant de redescendre, quelques millions d'années plus tard, après la disparition des carnassiers géants sous l'effet d'un cataclysme cosmique.

Ils surent prospérer, se développer en adoptant la position verticale et, de mutation en mutation, devenir ce que nous sommes : des êtres humains.

L'arbre, par sa longévité, constitue un pont entre les règnes animal et minéral. Dans la mythologie celtique, il est aussi le trait d'union entre le ciel, la terre et ce qui est en dessous : l'axe autour duquel s'ordonne l'univers. Les Grecs, eux, disaient que les arbres étaient des alphabets. Pour moi, ils représentent la verticalité du temps. Devant un chêne plusieurs fois centenaire qui a vu passer carrosses et calèches entre le château de Versailles et celui de Rambouillet, devant un arbre de la liberté planté au moment de la Révolution française – j'en connais un, dans le parc d'une sous-préfecture du Val-de-Loire, platane imposant dont chaque branche a la taille d'un tronc –, devant les séquoias de Californie et les pins Douglas de Vancouver, au Canada, – certains culminent à cent cinquante mètres et datent du XVIIIe siècle – comment ne pas songer aux mystérieux rapports entre l'instant et la durée : ces arbres, là devant nous, ont précédé notre naissance, celle de nos pères et de nos grands-pères, et ils continueront de pousser après notre mort, celle de nos enfants, de nos petits-enfants peut-être.

Si l'instant, débordant la durée, devient dilatation, ce qui nous apparaît comme une suspension du temps est en réalité un bond vers un plan supérieur. Un conte illustre ce propos : dans un couvent, au Moyen Âge, un moine se demandait si on ne s'ennuierait pas dans l'éternité. Dieu choisit de le punir en l'éclairant. Un jour qu'il était allé en forêt pour y ramasser du bois, ce moine entendit un oiseau dont le chant merveilleux le fit s'interrompre dans sa quête. Il suivit l'oiseau, ne se lassant pas de l'écouter. De retour au couvent, – il pensait n'avoir été absent qu'une heure ou deux –, ce fut un inconnu qui lui ouvrit : personne ne le connaissait ; seul, un très vieux membre de la communauté avait entendu parler de lui dans son enfance. Notre moine était resté sous le charme du chant de l'oiseau, non pas une heure, mais un siècle.

En transposant cet apologue, je me voyais, moi aussi, en admiration devant la majesté de ces arbres pluriséculaires, état qui pourrait me tenir en haleine une minute ou cent ans, sans que j'en eusse conscience. Dans ma pauvre réalité humaine, après un siècle je serais bel et bien mort tandis que l'arbre non seulement serait toujours là, mais aurait grandi de plusieurs mètres ou davantage.

Puis mes voyages ont commencé : l'Algérie d'abord, à l'âge de treize ans, avec la découverte d'espèces plus exotiques : palmier dattier, jujubier, pistachier, oranger, citronnier, arganier. À l'adolescence puis à l'âge adulte, les voyages se sont multipliés. Chaque voyage était l'occasion de découvrir de nouveaux arbres et de nouvelles essences : cyprès de Toscane et de Grèce, baobabs, palmiers et aréquiers d'Afrique de l'Ouest, ébéniers d'Afrique du Sud, cocotiers, lataniers, bananiers des Antilles, eucalyptus et ravenalas de Patmos et de Tibériade en Galilée, figuier des banians de Madras en Inde du Sud, cèdres du Liban, araucaria du Chili près de Valparaíso, séquoias de Californie, pins Douglas de Vancouver au Canada, sophora de Kyoto, ginkgo de Hiroshima et de Kyong-Ju en Corée du Sud, figuiers des pagodes d'Angkor au Cambodge, pins de Chypre, filaos des Seychelles, de Floride et de Cuba, liquidambar de Pékin, tecks de Bornéo, pins colonnaires des îles Loyauté en Mélanésie. Je ne puis les citer tous.

Après la garrigue de mon enfance provençale, le vignoble mâconnais puis beaujolais de mon adolescence, la forêt d'Yveline est, depuis quatre décennies, mon nouveau cadre naturel avec ses marées de sève et ses laies aux couleurs de grands fonds. Forêt à la fois territoire initiatique, lieu de rencontres enchantées, creuset où s'élaborent les mystères, dans laquelle j'aime à marcher, faisant craquer sous le pas, selon la saison, les glands des chênes, les bogues des châtaigniers et les pommes de pin.

Par un mouvement pendulaire, après chaque voyage et chaque période de ma vie, je revenais vers ces arbres dont j'étais parti encore enfant, retrouvant avec eux le reflet mobile des saisons et la sensation contraire du fugace et de l'éternel.

Dans cette forêt d'Yveline ainsi nommée par les Gaulois pour son abondance en eau (*ève* ou *yve* signifiant « mare », « source »), il m'arrive de passer devant un chêne imposant à l'harmonieuse futaie. Il est jeune de plusieurs siècles et sûrement l'héritier d'autres chênes poussés là bien avant lui ; oui jeune, parce qu'à chacune de mes visites il semble plus vigoureux, doté de branches nouvelles que surmonte une frondaison plus drue.

J'éprouve alors la sensation, moi qui dans l'intervalle ai gagné quelques rides et de nouveaux cheveux blancs, que cet arbre a le pouvoir d'inverser la courbe du temps, repoussant celui-ci vers sa source. Ce qui me détruit augmente sa puissance ; quand la vieillesse et la mort me guettent, il tend vers la maturité. Et s'il était indestructible ? S'il était un de ces chênes symboles de la divinité qu'avaient adopté les druides, jadis maîtres en cette forêt, cœur du pays carnute, cette peuplade gauloise qui a donné son nom à la ville de Chartres.

J'ai souvent éprouvé une envie à l'égard du végétal, un respect du sacré qui est en lui. Je le voulais même exemplaire quand je composai ce court poème en forme de précepte : « Sois humble, mince passant ; aie l'exigence de l'arbre. » Je ne crois pas, contrairement à Cioran, que cette forme de vie soit indemne de toute conscience. J'ai été conforté dans ce sentiment par le récent ouvrage d'un forestier allemand, Peter Wohlleben, intitulé *La Vie secrète des arbres*, qui a été un succès mondial. Dans son avant-propos, l'auteur écrit ceci : « Quand on sait qu'un arbre est sensible à la douleur et a une mémoire, que des parents-arbres vivent avec leurs enfants, on ne peut plus les abattre sans réfléchir ni ravager leur environnement… »

Dans les années 1970, je me suis installé avec ma famille sur un domaine campagnard de quelques hectares comprenant deux mares, un verger, un jardin, un parc, des prés et un bois en lisière de forêt. Là, j'ai trouvé en arrivant des vieux arbres plantés au moment où furent construites les deux maisons : 1792 pour la plus ancienne et 1863 pour la plus récente. Ces arbres sont des chênes pédonculés répartis sur l'ensemble du territoire, dont un imposant chêne de pré, sans doute contemporain de la première maison, des alignements de sapins, un cèdre bleu, des hêtres, des bouleaux, des charmes et des frênes, deux saules pleureurs, un saule argenté, des aulnes, des tilleuls de chaque côté du portail, des ifs et un magnifique laurier. Dans le verger subsistaient quelques vieux poiriers et pommiers qui servaient aux paysans à élaborer, dans des alambics de fortune, du poiré et l'eau-de-vie de cidre. Proches des maisons avaient poussé un sureau, des aubépines, des noisetiers et des sorbiers.

Au fil des ans, j'ai planté à mon tour des dizaines d'arbres en différents lieux du domaine : chêne rouge d'Amérique, bouleaux de Sibérie, peupliers d'Italie, charmes, trembles, robiniers, magnolia à feuilles caduques, séquoia, thuya, pins sylvestres, pins noirs d'Autriche, pins parasols, érable, châtaignier, frêne pleureur, liquidambar, mûrier platane, cognassier, cerisiers, pruniers, figuiers. Pour couronner le tout, j'ai disséminé autour des maisons sept cyprès qui me rappellent ma Provence natale. De la sorte, si l'on excepte les espèces exotiques, j'ai, sur mon domaine, la quasi-totalité des arbres évoqués dans ce livre.

Certains de mes « sujets » comme le séquoia, le chêne d'Amérique, le liquidambar, les pins, les peupliers et les bouleaux ont aujourd'hui entre dix et vingt mètres de haut. Ils me survivront et c'est très bien ainsi : par eux, je continuerai d'exister puisque l'arbre est le symbole même de la vie, et ce dans toutes les civilisations et les littératures du monde, depuis des millénaires.

Les poèmes présentés ici célèbrent les arbres des cinq continents. J'ai choisi l'ordre alphabétique pour en faciliter la consultation. Les poèmes sont précédés de textes personnels, sortes de fiches signalétiques évoquant la botanique, la provenance géographique, l'histoire ou la mythologie attachée à l'arbre concerné ainsi que, pour certains, les propriétés phytothérapiques ou alimentaires. Quelques-uns de ces textes peuvent se lire comme des poèmes en prose.

Souvent écrits sur le mode anaphorique, avec la répétition de « J'ai vu… J'ai vu », ces textes balisent ce que j'appelle mon « tour du monde des arbres ». En complément au poème, ils permettront au lecteur de voyager sur la planète et de découvrir, peut-être, des essences et des lieux qu'il ne connaissait pas.

J'ai placé en ouverture de cette promenade un long poème incantatoire du poète québécois Paul-Marie Lapointe. Il évoque une quarantaine d'arbres de son pays, mais qui poussent aussi ailleurs. Cela constitue comme une énumération, pour ne pas dire une taxinomie poétique, des principales essences d'Europe et d'Amérique du Nord et de certaines essences vernaculaires comme le sumac vinaigrier, le baumier, le caryer, l'hamamélis ou noisetier d'Amérique, l'épinette et le tulipier.

Le lecteur trouvera dans cette anthologie les œuvres, du Moyen Âge à nos jours, de plus de cent poètes de langue française originaires de Belgique, des Antilles, du Liban, du Maroc, du Québec ou du Moyen-Orient, à côté de poètes anglais, allemands, italiens, bulgares, roumains, suisses, russes, polonais, turcs, américains, chinois ou chiliens.

J'espère qu'il aura plaisir à butiner ce petit trésor universel de poésie des frondaisons – les spécialistes parlent de « houppiers » –, celles ou ceux des « vivants piliers » et de la « forêt de symboles » chère à Baudelaire, au moment où la préservation des écosystèmes et de la biodiversité est une des préoccupations majeures de nos contemporains, parce que la survie de notre planète est en jeu.

Jean Orizet, de l'académie Mallarmé

I

L'ARBRE ET LA FORÊT

Auprès de mon arbre, je vivais heureux
J'aurais jamais dû m'éloigner de mon arbre.
Auprès de mon arbre, je vivais heureux.
J'aurais jamais dû le quitter des yeux.

Georges Brassens,
Auprès de mon arbre

MAX ALHAU
(né en 1936, France)

UN ARBRE

Un arbre ne se prononce pas
pour célébrer la forêt.
Par avance il mesure son exil,
il se connaît aussi solitaire,
même si ses branches rejoignent le ciel
et ses feuilles la terre.

Nous saluons en lui
un veilleur immobile
qui invente peut-être
un autre continent
en proie aux incendies alors
que nous allons,
voyageurs sans ressources,
en quête d'une patrie
que les cartes nous refusent.

CLAUDINE BERTRAND
(née en 1948, Québec)

AILLEURS INTÉRIEUR

(extrait)

Sous le foisonnement des arbres
je quête le silence des feuilles

Parmi le bavardage
vertige cherche
vocabulaire
de vérités toutes nues

Prise tout entière
dans les filets de l'instant
rompre le désenchantement

Un baiser la fit sursauter
demi-tour vers la réalité

Il pose l'annulaire sur ses prunelles
elle murmure te voilà enfin !

YVES BROUSSARD
(1937-2018, France)

(extrait)

Jamais l'arbre
ne retient le vent
Jamais le vent
ne contourne l'arbre
C'est pourquoi le soleil
demeure enlacé
entre ses branches
jusqu'à la pause
du soir

SYLVESTRE CLANCIER
(né en 1946, France)

L'ARBRE A RÊVÉ

Il a fermé ses yeux bourgeons de lumière
dans son rêve un oiseau s'endort sous ses paupières.

Dans le creux de ses branches la plume est si légère
qu'il se sent envahi d'un grand élan de vie.

Son feuillage a des ailes qui lui sont familières
La douceur végétale, la chaleur animale
ne sont plus étrangères.

Il se sent pénétré d'une envie fusionnelle.

Demain, tout contre lui, l'oiseau fera son nid
Le voici qui l'espère.

DANIÈLE CORRE
(née en 1946, France)

SÈVE ET SANG

Un géant de pierre
s'est couché sous les feuilles

afin que s'apaisent
nos courses effrénées,
le grondement de la terre
qui couvre le chant des arbres,

les battements de son propre cœur
en quête de lumière.

Un arbre s'est penché sur lui
hasardant un doigt d'écorce tendre
vers son front pétri d'angoisse

afin qu'il n'oublie pas
la force des racines
ni la parenté de la sève
et du sang.

MICHEL DUNAND
(né en 1951, France)

DIT D'UN ROUGE EN SA FORÊT

Entailler le langage
émeraude et lugubre.

Y flairer le soleil,
un feuillage à forer.

À travers la forêt,
se frayer un passage

*

Arpenter comme un coq,
la hachette à la main,
le sentier de la paix.

BERNARD FOURNIER
(né en 1952, France)

ENRACINÉ VOYAGEUR

l'arbre nous fait signe
d'aussi loin que nos rêves

ses pieds dans la glèbe
nourrissent nos soifs
nos fêtes et nos défaites

ses racines, comme des serres
pétrissent
les talus et les berges
où gîtent nos frayeurs

pendant qu'il crie au ciel
comme Prométhée tend son poing

il jongle avec les étoiles
qui clignotent entre ses feuilles
joue avec le soleil comme avec un ballon
et prend la lune pour un calot

je l'embrasse et
j'entends la terre
j'entends ma sève

j'étreins avec ardeur
sa douceur et ses douleurs

fils de fer, fils à linge, fils électriques
invitent lampions et oriflammes
et mes jambes d'enfants

les amours fléchés
retiennent les cigales

chênes, frênes, châtaigniers et vous autres, hêtres
charpente, parquet ou piquet
feu dans l'âtre et flûte à bec
vous apaisez les terreurs
vous aimez nos joies

je ne saurais vous nommer tous
mais je vous bénis
pour la sieste que taquinent les pies
pour le signe sur la route
pour l'ombre et pour l'abri

GOETHE
(1749-1832, Allemagne)

VOUS LE DIRAI-JE, ARBRES AIMÉS

Vous le dirai-je, arbres aimés,
Que je plantai plein de pressentiment,
Alors que les plus merveilleux rêves
D'aurore dansaient autour de moi ?
Ah ! Vous savez comme j'aime
Celle qui si bien m'aime en retour,
Et qui me rend plus pur encore
Le plus pur d'entre mes penchants.

Croissez, comme si vous sortiez
De mon cœur, poussez haut dans l'air,
Car j'enterrai sous vos racines
Maintes joies et maintes peines.
Donnez de l'ombre, portez des fruits,
Et chaque jour une joie nouvelle ;
Seulement, que ce soit près, auprès,
Tout près d'elle que je puisse en jouir.

JOHN GOULD FLETCHER
(1886-1950, États-Unis)

SYMPHONIE VERTE

(extrait)

Les arbres éclaboussent le ciel de leurs doigts,
Troupe agitée d'étoiles vertes.

D'un tournoiement,
Ils balancent leurs rameaux
Autour de leurs branches ;
Des plans d'ombre et de lumière
Les traversent et s'ouvrent
En éventail, avant leur chute.

Les arbres sont comme une mer ;
Ils se secouent,
Ils tremblent,
Ils hurlent,
Ils se vautrent en dardant vers le ciel
Leurs longues frondaisons vertes qui vacillent,
Tachetées de blanche écume en fleur.

Les arbres sont des toits :
Cavernes creuses d'ombre fraîche et bleue.
Arcs solennels
Dans les après-midi.
Tout le vaste horizon,

Terrasse après terrasse,
Pinacle sur pinacle,
Les hausse jusqu'au ciel
En dents de scie, par rangs, verts sur vert.

Ils caressent de leurs doigts les toitures,
Ils rampent près du fleuve pour y regarder ;
Ils arrivent par la colline,
Gesticulant dans leur défi ;
Ils se blottissent
Dans les sombres vallées ;
Ils s'ennuient au-dessus des champs.

Des dômes émaillés
S'effondrent dans l'herbe,
Tombent en ruine,
Calmes enfin.

BENJAMIN GUÉRIN
(né en 1983, France)

Le temps passe sur la forêt
je pose la main sur la peau froide
des branches que contourne le chemin d'un cerf

nous ne savons rien de ces arbres
s'étirant dans leur capiton de pierre
pour s'arracher à la terre

cette terre que l'on aime et qui nous mangera
nous sucera le sang à notre mort
comme les biches embrassent l'écorce

avec la langue jusqu'à la sève
dans un baiser de faim dont peu d'arbres se relèvent
un coup par-ci un coup par-là

dévorant la forêt comme une chair
dans un plat de fête il n'en restera rien
et le désir sera sans fin

alors je chanterai détaché de tout
la fin du monde et l'avènement
de la forêt nouvelle

CLAUDINE HELFT
(contemporaine, France)

SOUDAIN SUR LE POINT

pour Alain Bosquet

Il s'en allait parler aux arbres
comme d'autres le faisaient
avec leurs chiens leurs chevaux
ou leurs chats.
Avec le hêtre et le laurier
il conclut un pacte de paix,
rendit au saule son sourire
quand il pleurait.
Il déployait ses branches
et s'étendait sevré de sérénité,
— si vivant soudain – se déclarant
presque sur le point de s'aimer.
Enfin, dans l'amour de la forêt
et des pins, sur le point de bénir
les cyprès et de nommer prière
sa communion à l'univers.
Soudain sur le point de croire.

FRANÇOIS MONTMANEIX
(1938-2018, France)

L'ARBRE, LA FEMME, L'OISEAU

L'arbre tirant son dieu d'un peu de terre.
Cils d'une femme à cerner de printemps.
L'oiseau posé qui bat comme une artère.
L'arbre croyant, tout habité d'accents.
La femme en feu dont tu conquiers l'aorte,
l'impénétrable étonnement d'oiseau.
L'arbre en hiver, amoureux d'une porte.
Femme ! Statue offerte à mon ciseau !
L'oiseau voilier, la hâte d'une proue,
l'arbre marin qui lui donne son mât.
Fille de palme et soleil de ta joue,
île où l'oiseau chante un autre climat.

PAMPHILE LE MAY
(1837-1918, France)

À UN VIEIL ARBRE

Tu réveilles en moi des souvenirs confus.
Je t'ai vu, n'est-ce pas ? moins triste et moins modeste.
Ta tête sous l'orage avait un noble geste,
Et l'amour se cachait dans tes rameaux touffus.

D'autres, autour de toi, comme de riches fûts,
Poussaient leurs troncs noueux vers la voûte céleste.
Ils sont tombés, et rien de leur beauté ne reste ;
Et toi-même, aujourd'hui, sait-on ce que tu fus ?

Ô vieil arbre tremblant dans ton écorce grise ;
Sens-tu couler encore une sève qui grise ?
Les oiseaux chantent-ils sur tes rameaux gercés ?

Moi, je suis un vieil arbre oublié dans la plaine,
Et, pour tromper l'ennui dont ma pauvre âme est pleine,
J'aime à me souvenir des nids que j'ai bercés.

CHARLES LE QUINTREC
(1926-2008, France)

LES ARBRES

Arbres venus du froid tout cousus de lumière
De légende givrés
Vous êtes les maisons préférées de l'hiver
Vous êtes des palais.

L'amour est une histoire entre l'homme et le ciel
Vous êtes la légende
Vous êtes la mémoire – arbres de l'Éternel –
De nos siècles de fange.

En quel astre allez-vous déployer vos racines
En quelle éternité
Serons-nous dans les plis de vos chants, de vos hymnes
Et pourrons-nous rêver ?

GERMAIN NOUVEAU
(1851-1920, France)

EN FORÊT

Dans la forêt étrange c'est la nuit ;
C'est comme un noir silence qui bruit ;

Dans la forêt, ici blanche et là brune,
En pleurs de lait filtre le clair de lune.

Un vent d'été, qui souffle on ne sait d'où,
Erre en rêvant comme une âme de fou ;

Et, sous des yeux d'étoile épanouie,
La forêt chante avec un bruit de pluie.

Parfois il vient des gémissements doux
Des lointains bleus pleins d'oiseaux et de loups ;

Il vient aussi des senteurs de repaires ;
C'est l'heure froide où dorment les vipères,

L'heure où l'amour s'épeure au fond du nid,
Où s'élabore en secret l'aconit ;

Où l'être qui garde une chère offense,
Se sentant seul et loin des hommes, pense.

— Pourtant la lune est bonne dans le ciel
Qui verse, avec un sourire de miel,

Son âme calme et ses pâleurs amies
Au troupeau roux des roches endormies.

ERNEST RAYNAUD
(1864-1936, France)

ODES AUX ARBRES

(extrait)

Chaque fois que je vous retrouve à ma fenêtre,
Arbres parisiens, nourris d'un sol impur,
Je vous salue avec tout l'élan de mon être,
Vous qui parlez d'espace et de joie et d'azur
À ce cœur, comme vous, nostalgique et champêtre,
Et que la ville noire étrangle dans ses murs.

Vous m'évoquez, parmi la campagne infinie,
Vos frères villageois bourgeonnant aux vergers
Quand le printemps va naître ou ruisselants de pluie,
Ou claironnant l'Été sur la route éblouie,
Ou, quand la Chienne aboie au ciel de la prairie,
Rassasiés de flamme et d'orage chargés.

Et vous leur ressemblez quand l'Automne mystique
Les fait choir, feuille à feuille, au versant des talus ;
Quand, sur eux, passe, aux fins de jour mélancolique,
La bénédiction d'un suprême Angélus ;
Soit quand l'hiver blafard, noyé de brume, applique
Sur le rouge horizon leurs grands squelettes nus.

ANNIE SALAGER
(contemporaine)

NOS FRÈRES LES ARBRES

Les épineux les feuillus les arrondis
les pointus les fleuris
ils ont la vie au bout de leurs branchettes
dans l'éclat de leurs feuillages soleilleux,
ils se caressent les uns les autres ou
s'écartent conversent en centaines d'ans
respirent transforment rejettent
jouent de leurs instruments à vent
sur les ruisselets de lumière
dans le jeune vert de leur ciel
durcissent depuis la terre leurs écorces
longtemps et le temps qui les protège
fusionne en silence avec nous
qui les respirons pour vivre mais
passons comme sans les voir auprès d'eux

CHARLES DE SAINTE-BEUVE
(1804-1869, France)

J'étais un arbre en fleur où chantait ma Jeunesse,
Jeunesse, oiseau charmant, mais trop vite envolé,
Et même, avant de fuir du bel arbre effeuillé,
Il avait tant chanté qu'il se plaignait sans cesse.

Mais sa plainte était douce, et telle en sa tristesse
Qu'à défaut de témoins et de groupe assemblé,
Le buisson attentif avec l'écho troublé
Et le cœur du vieux chêne en pleurait de tendresse.

Tout se tait, tout est mort ! L'arbre, veuf de chansons,
Étend ses rameaux nus sous les mornes saisons ;
Quelque craquement sourd s'entend par intervalle ;

Debout il se dévore, il se ride, il attend,
Jusqu'à l'heure où viendra la Corneille fatale
Pour le suprême hiver chanter le dernier chant.

JOSEPH PAUL SCHNEIDER
(1940-1998, France)

RACINES DU CIEL

(extrait)

À Anne

Pour que demeure
Au vif de l'arbre
La sève d'un printemps fragile
Sur les ailes des cigognes
Du pays d'enfance
Et fêter avec elles
La paix des toits retrouvés
Après longue errance
Abandonnant la fatigue accumulée
Le temps des déchirures
Les distances de l'ombre vaincues
Comme le grand cerf des légendes
Nous porterons branches hautes
Jusqu'aux racines du ciel

JULES SUPERVIELLE
(1884-1960, France)

Dans la forêt sans heures
On abat un grand arbre
Un vide vertical
Tremble en forme de fût
Près du tronc étendu.

Cherchez, cherchez, oiseaux
La place de vos nids
Dans ce haut souvenir
Tant qu'il murmure encore.

PAUL VERLAINE
(1844-1896, France)

DANS LES BOIS

D'autres, – des innocents ou bien des lymphatiques, –
Ne trouvent dans les bois que charmes langoureux,
Souffles frais et parfums tièdes. Ils sont heureux !
D'autres s'y sentent pris – rêveurs – d'effrois mystiques.

Ils sont heureux ! Pour moi, nerveux, et qu'un remords
Épouvantable et vague affole sans relâche,
Par les forêts je tremble à la façon d'un lâche
Qui craindrait une embûche ou qui verrait des morts.

Ces grands rameaux jamais apaisés, comme l'onde,
D'où tombe un noir silence avec une ombre encor
Plus noire, tout ce morne et sinistre décor
Me remplit d'une horreur triviale et profonde.

Surtout les soirs d'été : la rougeur du couchant
Se fond dans le gris bleu des brumes qu'elle teinte
D'incendie et de sang ; et l'angélus qui tinte
Au lointain semble un cri plaintif se rapprochant.

Le vent se lève chaud et lourd, un frisson passe
Et repasse, toujours plus fort, dans l'épaisseur
Toujours plus sombre des hauts chênes, obsesseur,
Et s'éparpille, ainsi qu'un miasme, dans l'espace.

La nuit vient. Le hibou s'envole. C'est l'instant
Où l'on songe aux récits des aïeules naïves…
Sous un fourré, là-bas, là-bas, des sources vives
Font un bruit d'assassins postés se concertant.

PAUL VINCENSINI
(1930-1985, France)

Une rivière suffit au rocher
Pour qu'il devienne enfant

La nuit le vent peuple l'arbre
De vieilles femmes aux dessous blancs
Mais à l'aurore ce sont déjà des fleurs
Qui se travaillent en fruits

Tout oiseau qui a touché à l'arbre
Doit mourir de son chant
Ses poussières et son chant
Restent propriété de l'arbre

KAREL VAN DE WOESTIJNE
(1878-1929, Belgique)

Ô BEL ARBRE

Ô bel arbre qui, de branche en branche
Fait peser et ployer ton feuillage,
Tisse la voûte de ta cime
Autour du vieux tronc rudement dressé
Et tamise un soleil luxuriant et changeant
Qui plonge largement sur ton torse de bronze.

Qui sent s'alourdir de hauts bouquets
L'éventail déployé de ton feuillage
Et rôder alentour un pénétrant parfum.
Tu vois sur son arête où filtre le soleil
Glisser une lumière tendrement caressante
Qui s'attiédit en cercles autour de ton faîte.

Châtaignier, selon le voyage
Montant, hésitant, la tombée indécise
Du jour et de l'heure encercle
Ta totale envergure, car toi, pieux et tendre,
Tu berces tes branches qui, allant et venant
Mesurent la profondeur de mon souffle.

Dans la maison fraîche et obscure
Pleine d'un silence attentif, le chant de doux oiseaux
S'apparie à son propre murmure

Comme ma craintive opulence
S'insinue en pieuse pureté
Dans un brillant cortège d'étranges images.

Ô bel arbre, beau châtaignier
Puissé-je affronter comme toi
Les jours dans une grâce souveraine
— Moi qui, né pour une même beauté,
Doué d'un même amour et d'un pareil éclat,
Me trouve si misérablement seul…

GABRIEL ZIMMERMANN
(né en 1979, France)

EN RENTRANT DANS LA FORÊT...

En entrant dans la forêt, l'obscurité
Le recouvre et continue devant lui :
Le voici quelque part qu'il ne connaît pas

Il suit les trouées du soleil entre les feuilles,
Sans tracer un chemin la clarté sème
Dans ses yeux un fragment d'itinéraire

La lumière en avançant dans l'ombre
Le guide et le trouble, sous ses pieds la terre
Paraît un socle sans soubassement,
Les stries de ciel offrent plus d'horizon
Et la nature autour de lui hachure
Sa vue, heurte sa respiration, marcher parmi les arbres
L'étourdit

Épicéas, peupliers, frênes, oliviers :
Savoir nommer les troncs qui se succèdent
Serait une science qui secourt, elle accompagnerait son
  regard
Jusqu'à endormir son malaise

II

LES ARBRES DES POÈTES

PAUL-MARIE LAPOINTE
(1929-2011, Québec)

ARBRES

j'écris arbre
arbre d'orbe en cône et de sève en lumière
racines de la pluie et du beau temps… terre animée

pins blancs pins argentés pins rouges et gris
pins durs à bois lourd pins à feuilles tordues
potirons et baliveaux
pins résineux chétifs et des rochers pins du lord
pins aux tendres pores pins roulés dans leur
neige traversent les années mâts fiers voiles
tendues sans remords et sans larmes
équipages armés
pins des calmes armoires et des maisons pauvres
bois de table et de lit
bois d'avirons de dormants et de poutres portant le
pain des hommes dans tes paumes carrées
cèdres de l'est thuyas et balais cèdres blancs
bras polis cyprès jaunes aiguilles couturières
emportées genévriers cèdres rouges
cèdres bardeaux parfumeurs coffres des fiançailles
lambris des chaleurs
genévrier qui tient le plomb des alphabets

épinettes grises noires blanches épinettes de savane
clouées
épinette breuvage d'été piano droit tambour fougueux

sapins blancs sapins rouges concolores et gracieux
sapins grandissimes sapins de Babel coiffeurs des
saisons pilotis des villes fantasques
locomotives gercées toit des mines
sapin bougie des enfances

conifères d'abondance espèces hérissées crêtes vertes
des matinaux scaphandriers du vent conifères
dons quichottes sans monture sinon la montagne
clairons droits foudroyant le ciel conifères flammes
pétrifiées vertes brûlantes gelées de feu
conifères
arêtes de poissons verticaux dévorés par l'oiseau

j'écris arbre
arbre pour l'arbre
bouleau merisier jaune et ondé bouleau flexible
acajou sucré bouleau merisier odorant
rouge bouleau rameau de couleuvre feuille-
engrenage vidé bouleau cambrioleur à feuilles de
peuplier passe le bras dans les cages du temps
captant l'oiseau captant le vent
bouleau à l'écorce fendant l'eau des fleuves
bouleau fontinal fontaine d'hiver jet figé
bouleau des parquets cheminée du soir
galbe des tours et des bals
albatros dormeur

aubier entre chien et loup
aubier de l'aube aux fanaux

j'écris arbre
arbre pour le thorax et ses feuilles
arbre pour la fougère d'un soldat mort sa mémoire de
calcaire et l'oiseau qui s'en échappe avec
un cri
arbre
peuplier faux-tremble trembleur à grands crocs
peuplier-loup griffon troubleur arracheur
immobile de mousse et de terre peuplier feuilles
étroites peuplier au front bas peuplier ligne
droite cheval séché œillères rances
peuplier baumier embaumeur des larmes peuplier aux
lances-bourgeons peuplier fruit de coton
ouates désintéressées langues de chattes pattes
d'oiselle rachitique peuplier allumettes
coupe-vent des forêts garde-corps et tonnelier
charbon blanc des hivers

arbre
arbre pour l'arbre et le Huron
arbre pour le chasseur et la hache
arbre pour la sirène et le blé le cargo le cheval

noyers circassiens masseurs d'azur noyers à noix
longues noyers gris noyers tendres noyers
noyade heureuse minéraux éclairés par le

centre fabricants de boules noyers goélette aérée
noyers eaux-fortes

saule écorce amère saule aux rameaux grêles cassants
comme paroles en l'air graine-coq à aigrette et
paon fugace saules noirs saules à feuilles de
pêcher saules à feuilles mortelles saules blancs
fragiles et pleureurs pendeloques des morts.
caryer ovale noir amer caryer écailleux caryer à
noix piquées au vif caryer des pourceaux
noix douces caryer sportif cible élastique

charmes bois dur bois de fer narcisse plongeur
humide égoïste à la plainte suffoquée

aunes vernes aunes à bourrelets rameaux poilus
tortues décapitées raies échouées aune fragile
aux clous aune émailleur ébéniste aune à feuilles
minces aune verrerie profonde aune crispée lisse
antennes arrachées à l'insecte

arbre

l'arbre est clou et croix
croix de rail et de papier
croix de construction d'épée de fusil
croix de bombardier téléphone haut-fourneau
sémaphore
croix d'aluminium et de néon
croix de gratte-ciel et de chien de torture et de faim

chênes musclés chiens gendarmes chevaux chênes aux
gros fruits photographes et tournesols
têtes franciscaines chênes-fruits blancs ou bicolores
selon le délire ou rien
blanc frisé ou bleu chêne prin à la coque polie
chinquapin mosaïque

chêne boréal tronc labours d'automne chêne
écarlate chêne-baiser chêne des marais fusant
au sud
constructeur transport de soif bloc habitable
tan des cuirs et des plages

hêtres brous ouverts faînes épousailles à plumes
châtaignier marronnier fruiteur aux envols de
drapés à stries
hêtres filtreurs de vinaigre fûts à liqueurs

j'écris arbre
arbre bois de loutre et d'ourson
bois de femme et de renard

cerisiers noirs cerisiers d'octobre à l'année longue
cerisiers merisiers petits cerisiers à grappes et
sauvages cerisiers à confiture cerisiers bouche
capiteuse et fruits bruns mamelons des amantes
chicots gymnoclades féviers palettes au pinceau
picoreur

vinaigrier beau feuillage vinaigrier sumac du sable
et de la pierre

aune à trois feuilles frère du houblon

orme acier timide bois lumineux orme utilitaire
orme aux feuilles d'œuf scies grugeuses de vent
orme fauve orme roux orme liège arme indécise
arme de cidre et de faiblesse

rosacées
hanches et mousse

cerisiers pruniers aubépines
sorbiers
pommetiers nains et sauvages grisailleurs à crachats
fleuris fillettes à la misère amoureuse

décorateur magnolias tulipier sassafras roi-mage
caravanier d'aromates encensoir savonnier

hamamélis coupant le sang des blessures

sorbier des oiseaux cormier mascous amers et polaires
tirant l'amant vers le baiser
pommier croqueur
j'écris arbre animaux tendres sauvages
domestiques

frênes gras frênes à feuilles de sureau
tilleul tisane de minuit

érables à épis parachuteurs d'ailes et samares
érable barré bois d'orignal nourriture d'été
fidèle au gibier traqué dans les murs et la fougère
érable à feu érable argenté veines bleues dans le
front des filles
érables à feuilles de frêne aunes-buis qui poussent
comme rires et naissent à la course
érable à sucre érable source

sureau bleu alouette sifflet dans les doigts

arbres
les arbres sont couronnés d'enfants
tiennent chauds leurs nids
sont chargés de farine

dans leur ombre la faim sommeille
et le sourire multiplie ses feuilles

ACAJOU
(Swietenia mahogani)

Arbre des régions tropicales qu'on trouve en Afrique et en Amérique, mahogani *est le nom que lui donnèrent les Indiens arawaks qui peuplaient les petites et les grandes Antilles quand fut découverte l'Amérique.*

Il est de la famille des Méliacées, qui comprend aussi le mélia ou acajou de Ceylan. L'anacardier, ou acajou à pommes, appartient, lui, à la famille des Anacardiacées, qui comprend le longanier, originaire de l'Inde – on le trouve en Chine et en Océanie –, le litchi, originaire d'Extrême-Orient, cultivé dans les zones tropicales pour son fruit, et le savonnier, qui pousse dans les régions chaudes d'Asie et d'Amérique. Les acajous les plus durs et les plus recherchés viennent du Mexique, de Saint-Domingue et de Cuba. Ils mesurent jusqu'à trente mètres de haut et leur feuillage est caduc.

Le bois d'acajou fut introduit en Europe par les frères Gibson en 1720. Vers le milieu du XVIII*e siècle, on commença à l'utiliser en massif pour les meubles de prix et en placage pour les meubles moins chers. À la fin du* XVIII*e siècle, l'ébéniste anglais Thomas Chippendale réalisa de nombreux meubles en acajou qui étaient très recherchés.*

En France, la grande époque de l'acajou fut l'Empire. Nos ébénistes, dont les frères Jacob, en firent un usage exclusif pour réaliser les armoires à cannelures de cuivre qui portent encore leur nom.

LECONTE DE LISLE
(1818-1894, France)

LE JAGUAR

(extrait)

Dans l'acajou fourchu, lové comme un reptile,
C'est l'heure où, l'œil mi-clos et le mufle en avant,
Le chasseur au beau poil flaire une odeur subtile,
Un parfum de chair vive égaré dans le vent.

Ramassé sur ses reins musculeux, il dispose
Ses ongles et ses dents pour son œuvre de mort ;
Il se lisse la barbe avec sa langue rose :
Il laboure l'écorce et l'arrache et la mord.

Tordant sa souple queue en spirale, il en fouette
Le tronc de l'acajou d'un brusque enroulement,
Puis sur sa patte roide il allonge la tête,
Et, comme pour dormir, il râle doucement.

AMANDIER
(Amygdalus communis)

Originaire des montagnes de l'Asie occidentale, l'amandier sauvage pousse en abondance sur le plateau iranien, où il était cultivé voici déjà cinq mille ans. De là il se répandit en Asie Mineure, en Grèce puis en Italie au IIIe *siècle avant notre ère, et enfin dans le midi de la France vers le* V^e^ *siècle après J.-C.*

Le mot vient du latin populaire amandula, *qui se substitue au latin classique* amygdala *qui a donné « amygdale » en français.*

L'amandier atteint quatre à douze mètres de haut et peut vivre plus de cent ans. Sa fleur blanche ou rose apparaît dès janvier, avant les feuilles. Le fruit a une forme oblongue avec un épiderme vert velouté. Très utilisée en pâtisserie et en confiserie, l'amande possède une grande valeur nutritive. Le lait d'amande douce est très utilisé pour les soins de beauté, et ce depuis fort longtemps. La Californie est aujourd'hui le premier producteur mondial d'amandes.

La signification symbolique de l'amande, qui figure l'essentiel dissimulé sous l'apparence, lui a valu d'être adoptée par tous les ésotérismes. Pour les anciens Grecs, la floraison précoce des fleurs blanches de l'amandier était assimilée à la grâce d'un amour virginal voué à disparaître ou à se faner.

ALPHONSE DE LAMARTINE
(1790-1869, France)

LA BRANCHE D'AMANDIER

De l'amandier tige fleurie,
Symbole, hélas ! de la beauté,
Comme toi, la fleur de la vie
Fleurit et tombe avant l'été.

Qu'on la néglige ou qu'on la cueille,
De nos fronts, des mains de l'amour,
Elle s'échappe feuille à feuille,
Comme nos plaisirs jour à jour !

Savourons ces courtes délices ;
Disputons-les même au zéphyr,
Épuisons les riants calices
De ces parfums qui vont mourir.

Souvent la beauté fugitive
Ressemble à la fleur du matin,
Qui, du front glacé du convive,
Tombe avant l'heure du festin.

Un jour tombe, un autre se lève ;
Le printemps va s'évanouir ;
Chaque fleur que le vent enlève
Nous dit : Hâtez-vous de jouir.

Et puisqu'il faut qu'elles périssent,
Qu'elles périssent sans retour !
Que ces roses ne se flétrissent
Que sous les lèvres de l'amour.

ARAUCARIA
(Araucaria araucana)

À propos de cet araucaria qui peuplait le parc d'une des maisons de mon enfance dans le Mâconnais, j'apprendrai, plus tard, que son nom vient des Araucans, peuple amérindien du Chili qui résista d'abord aux Incas puis aux conquistadors. Le surnom populaire de cet arbre, « désespoir des singes », s'explique par la nature coupante de ses feuilles en écailles triangulaires qui interdisent l'escalade à tout animal, et notamment aux singes. Dans mon parc, j'escaladais souvent le grand cèdre bleu, mais pas question, bien sûr, de grimper à l'araucaria !

Le plus spectaculaire de cette famille d'arbres est l'araucaria de Cook, encore appelé « pin colonnaire ». Son nom vient, cette fois, du grand navigateur anglais qui, le 25 septembre 1774, au cours de son second voyage circumpacifique (1772-1775), découvrit d'abord la Nouvelle-Calédonie puis, le 27 septembre, la petite île de Kounié, qui allait devenir l'île des Pins, un des plus beaux endroits au monde qu'il m'ait été donné de connaître.

De toute la végétation de l'île – cocotiers, hibiscus, filaos, banians, acacias, santals – le pin colonnaire en est l'arbre emblématique. Il est même, un peu comme le ginkgo, un fossile vivant à l'état endémique : on ne le trouve que dans le sud de la Calédonie. Droit, majestueux, pouvant dépasser trente mètres de hauteur pour un diamètre d'environ cinquante centimètres, avec des branches assez courtes, parallèles et de même longueur, il évoque un fût de colonne mince et monumentale, d'ordre dorique ou toscan. Mieux que le cocotier, ce conifère altier reste le seigneur des plages de Mélanésie.

Mais le vrai araucaria, ou arbre candélabre à feuilles étroites et aux écailles serrées, également appelé « pin du Chili », est originaire de la région d'Araucanie, dans le pays du poète Pablo Neruda. Cet arbre, je l'ai vu dans sa maison d'Isla Negra qui surplombe le Pacifique, non loin de Valparaíso. Un araucaria peut vivre mille ans.

PABLO NERUDA
(1904-1973, Chili)

ODE À L'ARAUCARIA ARAUCAN

Tout l'hiver, toute la bataille,
tous les nids dans du fer mouillé,
ta fermeté que l'air traverse,
se lèvent dans ta ville sylvestre.

La prison reniée des pierres,
les fils submergés de l'épine,
font de ta chevelure barbelée
un pavillon d'ombres
minérales.

Pleur hérissé, éternité de
l'eau,
mont d'écailles, rayon de
fer,
ta maison tourmentée se construit
avec des pétales de pure géologie.

L'hiver altier embrasse ton armure
et te couvre de lèvres détruites :
le printemps d'arômes violents
coupe ta soif dans ton implacable
statue :
et l'automne sévère espère
inutilement
répandre de l'or dans ta stature verte

ARGANIER
(Argania spinosa)

Cet arbre est originaire du Sud-Ouest marocain, là où est né mon ami Khaïr Eddine. Le poète a d'ailleurs écrit une ode à cet « arbre magique et vénérable » que les anciens vénéraient, le tenant pour un génie tutélaire, protecteur des hommes et des bêtes. « On ne saura jamais ton âge réel », note le poète, mais il est admis que l'arganier remonte au Tertiaire.

De croissance lente, il peut vivre deux cents ans. Son fruit, la noix d'argane, renferme deux à trois « amandons », petites amandes huileuses dont on extrait l'huile d'argan, utilisée pour ses vertus alimentaires et cosmétiques par la population berbère de l'Atlas depuis des temps immémoriaux. Les feuilles de l'arbre servent de fourrage pour les dromadaires et les chèvres. Son bois, très dur, est utilisé en menuiserie et comme bois de chauffage. L'arganier est très résistant à la chaleur et à l'aridité, supportant des températures pouvant aller jusqu'à cinquante degrés.

Selon Khaïr Eddine, il est le « maître incontesté du Sud ».

MOHAMMED KHAÏR EDDINE
(1941-1995, Maroc)

L'ARGANIER

Au Docteur et à l'Ami Methqal

Arbre magique et vénérable, tes racines forent le roc et scellent avec la terre un pacte irrévocable ;

tu es le végétal le plus résistant et sans doute le plus beau ;

On ne saura jamais ton âge réel si tu es issu d'une comète ancienne ;

tu recouvres les versants montagneux de ta splendeur incomparable – tu es puissant et capable de surmonter les assauts des chèvres et des criquets qui te dépouillent de tes feuilles pareilles à des paillettes d'émeraude quand le soleil insuffle à ton murmure inaudible l'onde irisée de l'arc-en-ciel :

un langage mémorable sourd de tes fibres et de tes branches où le rat palmiste cueille des noix d'ambre qu'il enfouira pour que tu te perpétues à l'infini, toi qui défies le temps, les intempéries, les canicules et la main de l'homme,

Maître incontesté du Sud, on t'appelle « Arganier », mais nul ne sait ton véritable nom ;

peut-être l'oued asséché le sait-il, qui dit au laurier-rose la gravité de ta sombre parure ;

la cigale et la tourterelle, indifférentes aux vicissitudes terrestres, chantent ta beauté, car tu les soustrais au danger en ta feuillée impénétrable ;
Cet hôte qui gîte en tes racines externes, c'est le naja solitaire dont le sifflement aigu module la clarté fugace des songes diurnes ;
été comme hiver, ton ombre s'allonge jusqu'au piémont comme pour instruire le mouflon de l'imminence d'une mort brutale

— le chasseur qui t'avait déraciné en masse pour bâtir un palais de rêve, là où tu avais vécu depuis Noé, est tombé du mont, frappé d'une vengeance atroce – ;

il est écrit que quiconque t'égratigne encourt les foudres telluriques ;

mais tu n'es pas toi-même ce dieu vindicatif qui broie les armées dans un éclair intense ;

l'Esprit pur des vastitudes inconnues t'anime et chaque lettrine du ciel est une étoile brillante qui te conte l'histoire du Chaos crucial ;

les Anciens te disaient Génie tutélaire, protecteur des hommes et des bêtes ;

ils t'aimaient et te vénéraient, ceux-là qui se nourrissaient de cette huile rouge et parfumée que ton amande amère sécrète lorsque l'été culmine au zénith ;

aucune tempête ni chergui ne peuvent démanteler ta couronne, arbre plus dur que le granit et l'agate ;

jeune ou vieux, tordu ou élancé, tu illumines la rocaille d'une aura que seuls distinguent les anachorètes ;

c'est ton essence immatérielle qui frémit au fond du puits et dans la gorge du troglodyte ;

ton idiome inscrit dans les grimoires sacrés qui parent le scarabée bleu de l'éclat des gemmes légendaires ;

vieil arganier, je te salue du tréfonds d'un monde qui ne connaît de toi que les cosmétiques extraits de ton amande ovale.

AUBÉPINE
(Crataegus monogyna)

La floraison de l'aubépine, au mois de mai dans mon parc des Yvelines, a toujours été, à mes yeux, le signe d'un printemps qui s'établit. C'est en effet le moment où les fleurs de cet arbuste buissonnant – il ne dépasse guère dix mètres de haut – ouvrent leurs cinq pétales blancs et roses, sur lesquels se détachent des étamines rouges.

*Les Romains désignaient l'aubépine sous le nom d'*Alba spina *ou « épine blanche ». Elle peut vivre jusqu'à cinq ou six cents ans. Chez les Celtes païens, l'aubépine jouissait d'un grand prestige. Dans le calendrier grec ancien, l'aubépine était l'arbre de mai. On préparait la fête du solstice d'été par des purifications, on nettoyait les temples et on ne devait porter que de vieux vêtements qui seraient ensuite remplacés par des neufs. C'est l'origine du dicton : « En avril, ne te découvre pas d'un fil ; en mai, fais ce qu'il te plaît ».*

Pendant la Révolution française, l'aubépine fut considérée comme un « arbre de la liberté ». De 1789 à 1792, on en planta plus de soixante mille dans tout le pays.

L'aubépine commune pousse en Europe centrale et méridionale, mais on la trouve aussi en Afrique du Nord et dans une partie de l'Asie. Elle est souvent utilisée pour la plantation des haies.

ANNA DE NOAILLES
(1876-1933, France)

LA PREMIÈRE AUBÉPINE

Il faisait frais encor, je ne m'attendais pas,
Aubépine adorable,
À voir se balancer à l'entour de mes pas
Ton ombre sur le sable.

Mais j'ai levé la tête, et ta sublime odeur
Sur mon front s'abandonne.
Juliette n'a pas plus d'amour dans le cœur
Au verger de Vérone !

Je tremble, je m'arrête et je te tends les bras,
Vanille sur la branche !
Est-ce donc cette fois que ta langueur fera
Mourir mon corps qui penche ?

Hélas ! on n'est jamais averti contre vous,
On ne peut se défendre ;
Quelles armes prend-on contre un parfum si doux
Dont le cœur va se fendre ?

Et vous avez l'air bon, simple, calme, ingénu,
Attirant les abeilles ;
On ne peut soupçonner qu'un calice ténu
Ait des forces pareilles.

Se peut-il, chère fleur, que vous vous complaisiez
À ce jeu qui transperce ?
Que n'ai-je sur mon cœur un bouclier d'osier,
Comme un soldat de Perse !

Inépuisable odeur, qui nous lie et qui nous tient
Jusqu'à ce qu'on se pâme,
Il n'est pas de plus doux et de pire entretien
Que d'écouter votre âme.

Ah ! les Dieux soient loués ! Vous allez défleurir,
Car les jours se dépêchent…
Mais l'Amour a déjà, de vos mortels soupirs,
Enduit ses dures flèches !

AULNE OU AUNE
(Alnus glutinosa)

Le nom latin de l'aune vient de glutinosus, *« collant », « visqueux » : c'est une caractéristique de ses bourgeons et de ses jeunes feuilles. L'aune glutineux, encore appelé « aune rouge », est originaire d'Amérique du Nord. Il appartient à la famille des Bétulacées, où l'on trouve le bouleau, le charme et le noisetier. Il croît dans toute l'Europe, dans le Caucase, en Sibérie et en Afrique du Nord. Son feuillage est caduc.*

*Il se plaît au bord des mares, étangs, rivières et sur les sols humides et marécageux. Il peut atteindre trente mètres de haut et vivre deux ou trois cents ans. Sa pousse est assez lente. Dans la même famille existe l'aune blanc (*alnus incana*), ainsi nommé à cause de la nuance blanc-gris de la face intérieure de ses feuilles. Celui-ci se distingue de l'aune rouge par ses pousses de l'année, ses bourgeons poilus et son écorce claire et lisse. L'aune glutineux est appelé « rouge » parce qu'il se colore sous l'action de l'air, quand on le coupe, d'une teinte brique, rouge-orangé.*

Plongé dans l'eau, son bois durcit et devient imputrescible. On s'en sert depuis très longtemps pour fabriquer des pilotis. Une bonne moitié de Venise repose sur une forêt d'aulnes, l'autre moitié étant constituée d'ormes. Dans certains contes allemands, au Moyen Âge, il est dit que l'aune pleure des larmes de sang si on parle de l'abattre et qu'il permet aux magiciens de ressusciter les morts.

Dès la plus Haute Antiquité, l'aune a été regardé comme un arbre de vie après la mort.

*Au chant V de l'*Odyssée, *Homère nous raconte comment Ulysse, afin de quitter l'île où vit la nymphe Calypso, va construire un radeau en partie avec de l'aune. Pour ce faire, Calypso lui donne une hache « et lui montre le chemin vers la pointe de l'île où des arbres très hauts avaient poussé jadis, aunes, peupliers et sapins » (traduction de Victor Bérard).*

Le mot « aulne », en dépit des apparences, n'a pas pour origine le latin alnus *mais le vieux germanique* alvia, *que l'on retrouve dans l'anglais* aider, *dans l'espagnol* aliso *et aussi dans le français alisier ou alizier. Jadis, l'aune s'appelait « vergne » ou « verne », mots d'origine gauloise. Le nom de nombreuses localités, en France, dérive des mots « vergne », « verne » et « aulne ». Ainsi : La Vergne, Verneil, Verneuil ou Aulnay, Aulnois, Lannoy…*

Dans le poème de Goethe Le Roi des Aulnes, *le personnage central est un être maléfique qui hante les forêts où il entraîne le voyageur vers la mort.*

GOETHE
(1749-1832, Allemagne)

LE ROI DES AULNES

(extrait)

Qui chevauche si tard
Dans la nuit et le vent ?
C'est le père avec son enfant
qu'il porte dans ses bras,
le serre et lui tient chaud

« Mon fils, pourquoi cette peur,
pourquoi te cacher ainsi le visage ?
Père, ne vois-tu pas le roi des Aulnes ?
Le roi des Aulnes avec sa traîne et sa couronne ?
— Mon fils, c'est une traînée de brouillard.

— Viens, cher enfant, viens avec moi !
Nous jouerons ensemble à de très jolis jeux
Nombre de fleurs vives colorent la rive
et ma mère possède plus d'un habit doré.

— Mon père, mon père, n'entends-tu pas
la promesse que me fait le roi des Aulnes, à voix basse
— Reste tranquille, mon enfant,
ce n'est que le murmure du vent dans les feuilles.

BAOBAB
(Adansonia digitata)

Cet arbre compte huit espèces, dont la plus connue est le baobab africain.

Dans plusieurs cultures, il est tenu pour sacré. C'est aussi un arbre à palabres qu'il est sacrilège de couper. Il est l'emblème du Sénégal et de la Guinée. Son tronc est ventru et son bois gorgé d'eau. Il peut atteindre vingt-cinq mètres de haut avec un diamètre de cinq à sept mètres.

Au Sénégal, le baobab sacré de Fadial, composé d'une dizaine de troncs, aurait huit cent cinquante ans. On pense que certains ont plus de deux mille ans. Dans ce même Sénégal, près de M'bour, j'ai vu les femmes fières, charge vissée sur la tête, marcher vers l'infini des baobabs. Leurs torses puissants aux bras grêles coupent l'horizon voilé d'un vent de sable en ce matin de saison sèche. Leurs branches torturées pour mieux fouailler le ciel sont si semblables à des racines qu'ils paraissent pousser à l'envers.

Le baobab est d'abord plante nourricière et l'homme l'utilise de la naissance à la mort. Enfant, il se nourrit du lalo, feuilles réduites en poudre ; adulte, il cuit les jeunes pousses, mange la pulpe du fruit, tresse des filins dans l'écorce et, de la décoction des graines, soigne toutes les maladies. Quand il sent venir la fin, le griot, pour ne pas souiller le sol de son cadavre, se glisse à l'intérieur du tronc, sarcophage aérien qui saura, par une étrange vertu, préserver sa dépouille plus longtemps que le havre des cimetières. Cette pratique a été interdite par le Président Senghor.

Totem protecteur et sacré, trait d'union entre l'ici et l'au-delà, ainsi veille sur son peuple noir le baobab.

MICHEL COSEM
(né en 1939, France)

LE BAOBAB

Tu as raison
de regarder passer les
belles Sénégalaises
Dans leurs robes
colorées,
Comme le vent de la savane
les pieds nus sans
laisser de traces.
Tu as raison de mettre
Dans ton rare feuillage
Les hérons blancs
Et les cigognes que l'on
aime.
Tu as raison aussi
d'accueillir
Les vilains oiseaux au
cou nu
Et qui sont ô sorcier
Sous ta protection.

BOSWELLIA
(Boswellia carterii)

De la famille des Burséracées qui comprend près de trois cents espèces, le boswellia est originaire de l'Inde et de l'Afrique tropicale. Le boswellia de Carter, arbre du pays des Somalis et du sud de l'Arabie, donne, par incision, des larmes qui constituent l'encens appelé « oliban ». Cette gomme-résine odorante, formée de lames périformes de couleur jaune pâle, produit, en se consumant, une odeur térébenthinée un peu amère.

La province du Zufar, au sud du sultanat d'Oman, est réputée pour son encens. Sa capitale, Salalah, est nichée au cœur d'une luxuriante palmeraie. Depuis l'Antiquité, les églises chrétiennes des différents rites cherchaient à s'approvisionner en encens du Zufar afin que s'élevât, de tous les autels, la même fumée dont la vocation était de faire monter les prières jusqu'au ciel.

J'ai vu, au sud de Salalah, ces boswellias d'où l'on extrait encore la résine à encens proposée au voyageur dans de petites boîtes rondes joliment ornées, sur le souk de Mascate.

CHARLES BAUDELAIRE
(1821-1867, France)

CORRESPONDANCES

(extrait)

La Nature est un temple où de vivants piliers
Laissent parfois sortir de confuses paroles ;
L'homme y passe à travers des forêts de symboles
Qui l'observent avec des regards familiers.

Comme de longs échos qui de loin se confondent
Dans une ténébreuse et profonde unité,
Vaste comme la nuit et comme la clarté,
Les parfums, les couleurs et les sons se répondent.

Il est des parfums frais comme des chairs d'enfants,
Doux comme des hautbois, verts comme les prairies,
— Et d'autres, corrompus, riches et triomphants,

Ayant l'expansion des choses infinies,
Comme l'ambre, le musc, le benjoin et l'encens,
Qui chantent les transports de l'esprit et des sens.

BOULEAU
(Betula)

J'ai de la tendresse pour le bouleau rencontré sur mon chemin tout au long de ma vie, depuis la forêt des Yvelines jusqu'à celles de Finlande, du Canada, des pays baltes ou de Russie.

L'arbre est gracieux, lumineux, avec cette écorce blanche qui se détache de son tronc en feuilles minces pareilles à du papier. Le bouleau est beau dans sa jeunesse mais il ne vit pas vieux pour un arbre : une centaine d'années, pas plus. Il ne dépasse guère les vingt mètres de haut, heureusement pour lui, car son tronc est fragile et sensible aux coups de vent. En revanche, il supporte très bien le froid, d'où sa présence au Groenland, en Sibérie et au Kamtchatka. Pour les peuples du Grand Nord, le bouleau est d'une importance vitale. Ils se nourrissent de son écorce tendre et sucrée, confectionnent des sandales ou des pirogues, couvrent leurs cabanes, fabriquent des cordes et des filets.

L'écorce de bouleau est aussi un remède aux vertus diurétiques et fébrifuges, il stimule la digestion.

Le bouleau est un arbre des Gaules. En France, au Moyen Âge, il était considéré comme l'arbre de la sagesse. C'est pourquoi des rameaux de bouleau formaient le sceptre des maîtres d'école. Dans toute l'Europe, le bouleau est associé aux fêtes du printemps. En Russie, un peu avant la Pentecôte, les rues de chaque village sont ornées de haies de jeunes bouleaux.

Dans mon bureau d'éditeur, au rez-de-cour d'un ancien couvent, je voisinais avec un bouquet de très jeunes bouleaux.

J'aimais à frôler la soie de leurs fûts encore lisses, totems laiteux pour sacrifice de chaman. Je voyais sur leur écorce des canoés indiens en fuite, j'y entendais claquer des fustigations, crépiter la flamme du bois de boulange. L'âge venant, leur peau d'enfant allait durcir, se craqueler, croûte de ce pain dont ils nourrissaient la cuisson.

MAURICE CARÊME
(1899-1978, France)

LES BOULEAUX

Se profilant, tous blancs de tronc,
Sur le bleu doux de l'horizon,
Six bouleaux sont plantés en rond.

Le premier croît au bord de l'eau
Et, tendu vers les matelots,
Regarde passer les bateaux.

Le deuxième, à l'orée d'un champ,
Les branches basses et rêvant,
Se laisse bercer par le vent.

Le troisième, rempli d'oiseaux,
Chante comme un immense nid
Dans l'air bourdonnant de midi.

Le quatrième abrite un mort,
Depuis le jour de l'accident,
Jamais, jamais on ne l'entend.

Et le cinquième et le sixième
Ne sont pas d'accord, car ils aiment
L'un, la flûte, l'autre, le cor.

Se profilant, tous blancs de tronc,
Sur le bleu doux de l'horizon,
Six bouleaux sont plantés en rond.

Quand des bouleaux si différents
Vivent heureux sous le soleil
Pourquoi nous veut-on tous pareils,
Nous autres, les enfants ?

BUIS
(Buxus sempervirens)

On a tendance à oublier que le buis est un arbre qui peut atteindre sept mètres de haut dans le midi de la France et jusqu'à quinze mètres dans le Caucase.

*L'arbre est d'une grande longévité : entre cent et mille ans. Son feuillage n'est pas vraiment persistant, mais ne cessant jamais de se renouveler, il paraît toujours vert. Sans doute est-ce pour cela que chez les Gaulois il était divinisé, apparaissant comme l'image même de l'éternité. Les chrétiens se servirent du bois pour commémorer la Passion et la Résurrection de Jésus, le jour des Rameaux. Son bois très dur et très lisse a longtemps servi à confectionner des boîtes à remèdes ou à bijoux. Dans la plupart des langues d'Europe, le nom gréco-latin du buis (*buxus*) a engendré les mots signifiant « boîte », comme* box *en anglais.*

Pour les Grecs, le buis provenait d'un pays mystérieux sur les rives du Pont-Euxin. Il représentait le perpétuel renouveau de la nature, avec cette odeur âcre si particulière qu'exhale le bois quand il fleurit et s'autoféconde. Dès le XVIe *siècle, le buis servait à fabriquer des instruments de musique à vent comme la flûte et la clarinette.*

Au jardin, le buis est planté sous forme de bordures basses soigneusement taillées. Il est une des composantes des « jardins de curé », à côté des plantes médicinales, des fruits et légumes, d'une vigne pour le vin de messe et des fleurs pour orner l'autel.

TRISTAN DERÈME
(1889-1941, France)

BUIS

Nous nous taisons. Le vent balance
les deux
saules sur
l'abreuvoir,
Et je sais,
Malgré ton silence,
Que ce soir est le dernier soir.

Adieu. Des feuilles tombent. Lune
Continuité. Décor banal.
Tourterelles, crépuscule. Une
Étoile comme un point final.

Tu as la force de sourire
Et dans mon cœur je reconnais
L'odeur des buis que l'on respire
Dans les jardins abandonnés.

CANNELIER
(Cinnamomum verum)

Originaire de Ceylan – il est aussi cultivé dans d'autres zones tropicales –, le cannelier peut atteindre dix à quinze mètres de haut. Ses feuilles persistantes sont d'un vert brillant. Le fruit du cannelier est une baie d'un centimètre, de couleur pourpre. C'est avec l'écorce intérieure de l'arbre qu'est produite la cannelle de Ceylan, qui est la seule vraie cannelle, à côté de celles de Chine et du Vietnam.

La cannelle est connue depuis l'Antiquité. Les Égyptiens s'en servaient dans le processus de l'embaumement. La Bible, Hérodote, les médecins arabo-musulmans y font référence. Le cannelier pousse dans les forêts sauvages. Son écorce est très mince. Il est cultivé en Inde, à Java, à l'île Maurice, aux Seychelles, à Madagascar, aux Antilles françaises et au Brésil. La récolte se fait tôt le matin les jours de pluie, au printemps.

La cannelle a été introduite en France vers 1220. On retrouve cette épice dans l'hypocras, boisson médiévale.

Aux États-Unis et au Canada, elle est utilisée dans la préparation de la tarte aux pommes.

LI QINGZHAO
(1084-1151, Chine)

LES FLEURS DU CANNELIER

Les fleurs du cannelier,
d'un jaune clair, presque pâle,
sont tellement fines
Qu'elles semblent d'un autre monde,
difficile à saisir.
Seul leur parfum reste avec nous.
Quel besoin auraient-elles
de s'orner de rubis ou d'émeraude
Pour être les plus belles des fleurs ?

Sans doute rendent-elles
les pruniers jaloux,
Et les chrysanthèmes timides.
Épanouies, rayonnantes,
devant la terrasse peinte,
elles sont les reines de l'automne.
Je me demande comment les poètes anciens
Ont pu oublier leur charme.

CÈDRE
(Cedrus)

*Qu'il soit du Liban, de Chypre, de l'Atlas ou de l'Himalaya, le cèdre est un arbre majestueux pouvant atteindre cinquante mètres de haut. Il est chargé d'une forte symbolique due à sa verdeur pérenne, à sa grande longévité, à la nature imputrescible de son bois et à sa présence dans nombre de récits mythiques, de l'*Épopée de Gilgamesh, *2 000 ans av. J.-C., jusqu'à la Bible, dans laquelle il est souvent cité.*

Il est l'arbre symbole du Liban et figure sur le drapeau de ce pays. Lamartine fit, on le sait, un voyage en Orient au printemps de 1883, durant lequel il visita le site d'El-Herze sur le plateau du mont Liban, peuplé de cèdres vénérables. Voici ce qu'il écrivit à leur propos : « Ces arbres sont les monuments les plus célèbres de l'univers... Ils connaissent d'avance les saisons, ils remuent leurs vastes rameaux comme des membres, ils étendent ou resserrent leurs coudes, ils élèvent vers le ciel ou inclinent vers la terre leurs branches, selon que la neige se prépare à tomber ou à fondre. Ce sont des êtres divins sous forme d'arbres. »

*En 1973, dans l'ancienne forêt du Djebel Liban, à deux mille mètres d'altitude, un dendrologue anglais évalua l'âge d'un de ces cèdres ayant quinze mètres de circonférence à deux mille cinq cents ans. Dans mes jeunes années, avant d'avoir lu Lamartine ou l'*Épopée de Gilgamesh *et d'avoir voyagé au Liban, je me contenais d'escalader les grosses branches du cèdre bleu devant la maison et, parvenu presque au sommet, je me prenais pour un géant dominant le monde.*

ANCIEN TESTAMENT, LIVRE D'ÉZÉCHIEL (593 av. J.-C.-571 av. J.-C.)

CÈDRE

Voici, il était un cèdre sur le Liban, – aux belles branches et à la taille élevée ; – sa cime était dans les nuées.

Les eaux l'avaient fait grandir et l'abîme l'avait fait croître – en faisant couler ses fleuves autour du lieu où il était planté – et en envoyant ses ruisseaux à tous les arbres des champs.

C'est pourquoi sa taille dépassait tous les arbres des champs ; – ses rameaux s'allongeaient grâce à l'abondance des eaux.

Dans ses branches tous les oiseaux du ciel faisaient leurs nids – et sous ses rameaux toutes les bêtes des champs mettaient bas ; – à son ombre de nombreuses nations habitaient.

Il était beau par sa grandeur et par la longueur de ses branches ; – car ses racines étaient dans des eaux abondantes.

Les cèdres dans le jardin de Dieu ne l'égalaient pas ; les cyprès ne lui ressemblaient pas par rapport à ses branches.

Les platanes n'avaient pas ses rameaux. – Aucun arbre dans le jardin de Dieu ne lui ressemblait en beauté.

Je l'avais rendu beau par la multitude de ses branches. – Tous les arbres d'Éden qui étaient dans le jardin de Dieu lui portaient envie.

C'est pourquoi ainsi parle le Seigneur Yahweh : Parce qu'il a été de haute taille et qu'il a porté sa cime jusque dans les nuées et que son cœur s'est élevé à cause de sa hauteur, je l'ai livré aux mains d'un puissant d'entre les nations qui le traitera selon sa méchanceté et le coupera.

ALPHONSE DE LAMARTINE
(1790-1869, France)

CHŒUR DES CÈDRES DU LIBAN

Saint, saint, saint le Seigneur qu'adore la colline !
Derrière ces soleils, d'ici nous le voyons ;
Quand le souffle embaumé de la nuit nous incline,
Comme d'humbles roseaux sous sa main nous plions.
Mais pourquoi plions-nous ? C'est que nous le prions !
C'est qu'un intime instinct de la vertu divine
Fait frissonner nos troncs du dôme à la racine,
Comme un vent du courroux qui rougit leur narine
Et qui ronfle dans leur poitrine,
Fait ondoyer les crins sur les cous des lions.

Glissez, glissez, brises errantes,
Changez en cordes murmurantes
La feuille et la fibre des bois !
Nous sommes l'instrument sonore
Où le nom que la lune adore
À tous moments meurt pour éclore
Sous nos frémissantes parois.
Venez, des nuits tièdes haleines ;
Tombez du ciel, montez des plaines ;
Dans nos branches, du grand nom pleines,
Passez, repassez mille fois !
Si vous cherchez qui le proclame,
Laissez là l'éclair et la flamme !
Laissez là la mer et la lame !

Et nous, n'avons-nous pas une âme
Dont chaque feuille est une voie ?

Tu le sais, ciel des nuits, à qui parlent nos cimes ;
Vous, rochers que nos pieds sondent jusqu'aux abîmes
Pour y chercher la sève et les sucs nourrissants ;
Soleils, dont nous buvons les dards éblouissants ;
Vous le savez, ô nuits dont nos feuilles avides
Pompent les frais baisers et les perles humides :
Dites si nous avons des sens !
Des sens dont n'est douée aucune créature,
Qui s'emparent d'ici de toute la nature,
Qui respirent sans lèvre et contemplent sans yeux,
Qui sentent les saisons avant qu'elles éclosent ;
Des sens qui palpent l'air et qui le décomposent,
D'une immortelle vie agents mystérieux !
Et pour qui donc seraient ces siècles d'existence ?
Et pour qui donc seraient l'âme et l'intelligence ?
Est-ce donc pour l'arbuste nain ?
Est-ce pour l'insecte et l'atome,
Ou pour l'homme, léger fantôme,
Qui sèche à mes pieds comme un chaume,
Qui dit la terre son royaume,
Et disparaît du jour avant que de mon dôme
Ma feuille de ses pas ait jonché le chemin ?
Car les siècles pour nous, c'est hier et demain !

Oh ! gloire à toi, Père des choses !
Dis quel doigt terrible tu poses
Sur le plus faible des ressorts,
Pour que notre fragile pomme,

Qu'écraserait le pied de l'homme,
Renferme en soi nos vastes corps !

Pour que de ce cône fragile,
Végétant dans un peu d'argile,
S'élancent ces hardis piliers
Dont les gigantesques étages
Portent les ombres par nuages,
Et les passereaux par milliers !

Et quel puissant levain de vie
Dans la sève, goutte de pluie
Que boirait le bec d'un oiseau,
Pour que ses ondes toujours pleines,
Se multipliant dans nos veines,
En désaltèrent le réseau !

Pour que cette source éternelle
Dans tous les ruisseaux renouvelle
Ce torrent que rien n'interrompt,
Et de la crête à la racine
Verdisse l'immense colline
Qui végète dans un seul tronc !

CERISIER
(Ceresus)

Nous avons tous, peu ou prou, des souvenirs d'enfance se rapportant à l'escalade d'un grand cerisier pour y cueillir ses fruits gorgés de jus rouge. Le véritable cerisier, que l'on appelle « merisier » à l'état sauvage, nous vient d'Asie et peut atteindre vingt mètres de haut.

Il fut apporté à Rome en 73 av. J.-C. par le consul Lucius Licinius Lucullus après sa victoire sur Mithridate au Pont-Euxin. Ce consul deviendra célèbre sous le seul nom de Lucullus pour sa gourmandise et son goût des bonnes choses. La culture du cerisier se répandit en Italie avant de gagner la Grande-Bretagne puis le reste de l'Europe. Les cerisiers actuels sont issus de nombreux croisements entre merisier et cerisier. Jadis, il était interdit de monter dans les cerisiers, sous peine de chute.

Au Japon, le cerisier fait l'objet d'un véritable culte à la religion shintoïste. Mais les magnifiques cerisiers du Japon que j'ai vus dans le parc impérial et les jardins secs de Kyôto, sélectionnés pour la beauté de leurs fleurs, ne portent pas de fruits comestibles. Ce sont des arbres d'ornement choisis pour leur somptueuse floraison printanière et les belles couleurs de leur feuillage automnal. Pour les Japonais, le cerisier à fleurs symbolise le caractère éphémère de la beauté comme la précarité de l'existence humaine dont il faudra, un jour, se détacher.

VÉNUS KHOURY-GHATA
(contemporaine, Liban)

Tous les arbres sont migrateurs
Seul le cerisier est casanier
Il mange ses noyaux
Et jette la pulpe par-dessus son épaule
Avec le vœu de renaître cerisier
Avec un jardin natal
Et un nom lisible dans l'obscurité
Pour discuter avec les cailloux jusqu'au matin

À quoi servent les cailloux ?
À chasser la nuit quand elle tarde à s'en aller

CHARME
(Carpinus betulus)

Dans ma forêt des Yvelines, le charme cohabite avec le chêne rouvre et le hêtre. Il n'atteint pas les hauteurs de ses deux puissants voisins, dépassant rarement vingt ou vingt-cinq mètres, mais il n'en possède pas moins vigueur et vitalité. N'a-t-on pas l'habitude de dire de quelqu'un en bonne santé : « Il se porte comme un charme » ?

Si les branches du charme touchent terre, elles prennent racine et suscitent de nombreux rejets. On s'est servi de cette faculté de propagation pour constituer des charmilles, berceaux de verdure ou structures végétales qu'il était de bon ton d'installer aux siècles passés dans les parcs et jardins des demeures bourgeoises, en ville ou à la campagne. Le charme est souvent utilisé pour la plantation de haies, car il supporte bien la taille.

On le trouve dans l'Europe entière, mais aussi en Asie Mineure. Curieusement, le charme est, de tous nos arbres, le plus dépourvu de légendaire, en dépit de ce que dit le dictionnaire Littré, *quand il suppose que sa dénomination est née d'une assimilation avec « charme », au sens d'un enchantement ou d'une action magique.*

Dans le calendrier républicain inventé par la Révolution française, le charme était le nom attribué au douzième jour du mois de Germinal, période allant du 21 mars au 19 avril du calendrier grégorien.

DOMINIQUE LE BUHAN
(1947-2004, France)

EN FAVEUR DU CHARME

Pèse-t-il tant le charme
si volontiers dressé
qui longtemps accompagne
en l'épaisse futaie
le plus durable chêne ?
Dans sa crue il affirme
un silence gris clair,
puis de modestes feuilles
discrètement voulues.
Allons-nous l'oublier
pour cette raison même
qu'il aime la nuance ?
Lui l'arbre sans légende,
n'a-t-il la qualité
de qui toujours s'efface,
la peau douce et l'allant
du plus beau porteur d'eau ?
Sa présence est aimable.

CHÂTAIGNIER
(Castanea sativa)

Cultivé depuis longtemps par l'homme, le châtaignier pousse dans toute l'Europe. Originaire d'Asie Mineure, il n'est apparu en Grèce et en Italie que vers le IIe siècle av. J.-C. Le mot latin castanea *est passé dans presque toutes les langues d'Europe de l'Ouest.*

Le châtaignier peut atteindre trente mètres de haut et vivre cinq cents ans et plus. C'est un arbre vigoureux et majestueux. Il existe à Sancerre un châtaignier dont le tronc a dix mètres de circonférence. Il aurait, dit-on, mille ans.

Au Ier siècle, les Romains consommaient déjà des châtaignes grillées, dont ils faisaient aussi des bouillies et une sorte de pain. Pendant des siècles, la châtaigne a été la base de la nourriture hivernale de régions pauvres comme le Limousin. Depuis toujours, en France comme en Italie, les châtaignes ont été regardées comme ayant une relation avec les morts. Dans les campagnes, les feuilles de châtaignier servaient à soigner les bronchites et les rhumatismes.

Chaque hiver, dans nos villes, on voit apparaître des marchands ambulants qui grillent les châtaignes sur des brasiers de fortune et attirent le chaland au cri de « Chauds les marrons, chauds ! ».

CONRAD FERDINAND MEYER
(1825-1898, Suisse)

CHÂTAIGNIER À L'OMBRE NOIRE

Châtaignier à l'ombre noire,
Ma tente estivale en plein vent,
Tu baisses vers les eaux ton vaste branchage,
Ton feuillage, il a soif et il boit,
Châtaignier à l'ombre noire !
Une jeune couvée se baigne dans ce port,
Querelleuse ou criant sa joie,
Et des enfants nagent, blancs,
Éclatants dans le grillage de tes feuilles,
Châtaignier à l'ombre noire !
Et quand lac et berge s'obscurcissent,
Et que passe le bruyant bateau du soir,
Un éclair rouge part du fanal
Et se laisse porter par le flot,
Semblable à des lettres brisées,
Jusqu'à ce que l'énigmatique
Inscription de feu s'éteigne en tes feuilles,
Châtaignier à l'ombre noire !

CHÊNE ROUVRE OU CHÊNE SESSILE
(Quercus Petraea)

Arbre mythique dans la plupart des cultures, le chêne symbolise la force, la sagesse et la longévité. Dans la tradition populaire, les noces de chêne correspondent à quatre-vingts ans de mariage, ce qui est rare, bien sûr.

Chez les anciens Grecs, le chêne était l'arbre par excellence, doté de pouvoirs singuliers : ainsi du chêne de Zeus, à Dodone en Épire, qui rendait les oracles du maître de la foudre. L'interprétation du bruissement de ses feuilles avait valeur de prophétie. Pour combattre la sécheresse, les prêtres de Zeus plongeaient un rameau de chêne dans une source sacrée afin de faire venir la pluie. La massue d'Héraclès, ou Hercule, était taillée dans une grosse branche de chêne. On a retrouvé des restes de chêne fossile datant du crétacé (cent millions d'années). Les plus anciens arbres de l'espèce pourraient avoir deux mille ans.

Ce n'est pas un hasard si les botanistes ont donné au chêne le nom latin de robur, *qui exprime à la fois la force physique et la force morale. Dans l'*Odyssée, *au chant XIV, il est dit qu'Ulysse, sur le chemin du retour, se dirigeait vers Dodone : « Au feuillage divin du grand chêne de Zeus, il voulait demander conseil pour revenir au bon pays d'Ithaque » (traduction de Victor Bérard). D'après Pline l'Ancien, le terme « druide » est, par son étymologie, proche du mot « chêne », d'où l'expression « hommes du chêne » pour désigner les druides. Le chêne est aussi un symbole de justice. On se souvient du chêne de saint Louis dans le* *bois de Vincennes, sous lequel Louis IX rendait la justice. En France, les monnaies portaient une couronne de chêne, symbole de la solidité républicaine.*

Le chêne rouvre n'est pas le seul chêne de nos bois puisqu'il en existe plus de quatre cents espèces, mais il est associé au hêtre, l'essence dominante des grandes forêts domaniales d'Île-de-France, du Centre et de l'Ouest. Ainsi, dans la forêt de Tronçais, peut-on voir encore dans la « futaie Colbert » créée par le ministre de Louis XIV pour la fabrication des mâts de la marine royale, des chênes pluriséculaires hauts de quarante mètres, avec des circonférences du tronc allant de quatre à huit mètres. En forêt de Rambouillet, il existe encore des arbres, comme le chêne Géneau et le chêne de l'Ascension, qui mesurent respectivement trente mètres et vingt-six mètres de haut, avec des circonférences de quatre mètres et demi et cinq mètres quinze.

Le chêne fait partie de la famille des Fagacées, dicotylédones à feuillage caduc ou persistant. On trouve la plupart des espèces dans les zones tempérées et chaudes de l'hémisphère nord : Europe, Amérique, Asie. Les fruits sont les glands bien connus, qui sont insérés dans une cupule, d'où l'adjectif « cupulifère » attribué au chêne. Le mot « chêne » vient sans doute de cassanus, *nom que portait l'arbre avant l'arrivée des Celtes en Gaule. En ancien français, on a d'abord parlé de* chasne *puis de* chaisne. *Dans les différents parlers de province, on trouvait* châgne *dans le Berry,* quêne *ou* caine *en Picardie,* casse *en Provence. Ces variantes se retrouvent dans les noms de localités faisant référence au chêne : Le Quesne, Le Quesnoy, Quesnay, mais aussi Chasseneuil, Chassagne ou Cassagnes.*

RENÉ LE BARS
(né en 1938, France)

LE CHÊNE DE NOTRE-DAME

Distingué entre cent pour sa taille parfaite
Sa droiture exemplaire et sa noble prestance,
Il songeait néanmoins avec mélancolie
À cette longue vie que le temps martyrise.

Il y a deux fois cent ans et sa pauvre mémoire
A perdu pour de bon les plus beaux souvenirs ;
Mais point de dos courbé, point de hanche fragile ;
Aujourd'hui, le géant se dresse vers le ciel.

Il confesse en secret son destin monotone
Devenu sans attrait, perclus de solitude ;
La vieillesse est douleur, jouet des maladies,
Dans la constante peur de l'orage fatal.

Lui qui osait rêver la vie après la mort
Reçoit ce jour béni, le sceau de NDP[1],
Porteur d'une sublime, unique destinée :
Rejoindre la forêt sacrée de Notre-Dame.

1. NDP : Notre-Dame de Paris. Inscrit en lettres rouges sur le tronc, 17 mars 2021.

CLAUDE-JOSEPH DORAT
(1734-1780, France)

Un chêne altier s'indignait de son fruit :
De mon ombre, dit-il, je protège la terre ;
Je suis l'arbre du dieu qui lance le tonnerre,
Et voilà ce que j'ai produit !
Ingrat, reprit le gland qui parlait comme un sage,
D'où te vient tant de vanité ?
Dans tes vastes rameaux reconnais mon ouvrage ;
Sans moi tu n'aurais pas été :
J'enfermais dans mon sein ton superbe feuillage.
Toujours sublime en ses moindres décrets,
La nature qui me destine
À te perpétuer dans le fond des forêts,
Sur ta cime m'élève exprès,
Pour mieux te rappeler à ton humble origine.

LORD BYRON
(1788-1824, Angleterre)

À UN CHÊNE DE NEWSTEAD

Jeune chêne, quand je te plantai profondément dans la terre, j'espérai que tes jours seraient plus longs que les miens ; que tes rameaux balanceraient au loin leur épais ombrage, et que le lierre jetterait son manteau à l'entour de ton large tronc,

Oui, tel était mon espoir quand, aux jours de mon enfance, je t'élevais avec orgueil sur la terre de mes ancêtres. Mais ces jours sont passés, et j'arrose ta tige de mes larmes : les herbes sauvages qui t'environnent ne peuvent me cacher ton dépérissement.

Je t'ai quitté, mon chêne, et depuis cette heure fatale un étranger réside au manoir de nos pères. Jusqu'à ce que je sois homme, celui dont l'indifférence te condamnera peut-être à mourir doit seul commander en ces lieux.

Oh ! tu étais fort ! et même aujourd'hui quelques soins suffiraient encore pour ranimer ta jeune tête et cicatriser doucement tes blessures ; mais tu n'étais pas destiné à avoir part à l'affection des hommes ? – Que peut sentir pour toi un étranger,

Oh ! ne te penche pas ainsi, mon chêne ; soutiens quelque temps encore ta tête : notre planète n'aura pas tourné deux fois autour de l'orbe glorieux qui luit sur nous que, tes années d'épreuves terminées, tu souriras de nouveau sous les mains de ton jeune maître.

Jusqu'à ce jour, supporte la vie, ô mon chêne ; lève la tête au-dessus des broussailles qui étouffent ta jeune croissance et contribuent à ton dépérissement, Ton cœur renferme encore les jeunes semences de la vie ; tes branches peuvent encore déployer leur beauté,

Oh ! si tu peux arriver à la maturité des années, tandis que je dormirai dans la caverne de la mort, l'aurore de bien des âges luira peut-être encore sur tes feuilles, respectées par le temps et le souffle glacé des hivers.

Pendant des siècles encore, tes branches onduleront légèrement sur les dépouilles de ton maître, qu'elles couvriront de leur dais ; et tandis que tes branches abriteront ainsi sa tombe, le chef qui lui aura succédé viendra peut-être s'asseoir sous ton ombre.

Lorsque, entouré de ses enfants, il visitera ce lieu, il leur dira à voix basse de marcher plus légèrement. Oui, j'en ai l'assurance, je ne serai pas entièrement oublié par eux : le souvenir sanctifie la cendre des morts,

C'est ici, diront-ils, qu'au printemps fortuné de sa vie il modula peut-être les simples chants de sa jeunesse : il est ici qui dort jusqu'au jour où le temps rapide se perdra dans l'éternité.

ALPHONSE DE LAMARTINE
(1790-1869, France)

LE CHÊNE

(extrait)

Voilà ce chêne solitaire
Dont le rocher s'est couronné :
Parlez à ce tronc séculaire,
Demandez comment il est né.

Un gland tombe de l'arbre et roule sur la terre ;
L'aigle à la serre vide, en quittant les vallons,
S'en saisit en jouant et l'emporte à son aire
Pour aiguiser le bec de ses jeunes aiglons ;
Bientôt du nid désert qu'emporte la tempête
Il roule confondu dans les débris mouvants,
Et sur la roche nue un grain de sable arrête
Celui qui doit un jour rompre l'aile des vents.
L'été vient, l'aquilon soulève
La poudre des sillons, qui pour lui n'est qu'un jeu,
Et sur le germe éteint où coule encore la sève
En laisse retomber un peu.
Le printemps, de sa tiède ondée,
L'arrose comme avec la main :
Cette poussière est fécondée,
Et la vie y circule enfin.

La vie ! À ce seul mot tout œil, toute pensée,
S'inclinent confondus et n'osent pénétrer ;

Au seuil de l'infini c'est la borne placée,
Où la sage ignorance et l'audace insensée
Se rencontrent pour adorer !

Il vit, ce géant des collines ;
Mais, avant de paraître au jour,
Il se creuse avec ses racines
Des fondements comme une tour,
Il sait quelle lutte s'apprête,
Et qu'il doit contre la tempête
Chercher sous la terre un appui ;
Il sait que l'ouragan sonore
L'attend au jour… ou, s'il l'ignore,
Quelqu'un du moins le sait pour lui ! (…)

Il vit ! Le colosse superbe
Qui couvre un arpent tout entier
Dépasse à peine le brin d'herbe
Que le moucheron fait plier :
Mais sa feuille boit la rosée,
Sa racine fertilisée
Grossit comme une eau dans son cours,
Et dans son cœur qu'il fortifie
Circule un sang ivre de vie
Pour qui les siècles sont des jours. (…)

Son tronc que l'écorce protège,
Fortifié par mille nœuds,
Pour porter sa feuille ou sa neige
S'élargit sur ses pieds noueux ;
Ses bras que le temps multiplie,

Comme un lutteur qui se replie
Pour mieux s'élancer en avant,
Jetant leurs coudes en arrière,
Se recourbent dans la carrière
Pour mieux porter le poids du vent,

Et son vaste et pesant feuillage,
Répandant la nuit alentour,
S'étend, comme un large nuage,
Entre la montagne et le jour ;
Comme de nocturnes fantômes,
Les vents résonnent dans ses dômes,
Les oiseaux y viennent dormir,
Et pour saluer la lumière,
S'élèvent comme une poussière,
Si sa feuille vient à frémir. (…)

Et ces torrents d'âme et de vie,
Et ce mystérieux sommeil,
Et cette sève rajeunie
Qui remonte avec le soleil ;
Cette intelligence divine
Qui pressent, calcule, devine
Et s'organise pour sa fin ;
Et cette force qui renferme
Dans un gland le germe du germe
D'êtres sans nombres et sans fin ;

Et ces mondes de créatures
Qui, naissant et vivant de lui,
Y puisent être et nourritures

Dans les siècles comme aujourd'hui :
Tout cela n'est qu'un gland fragile
Qui tombe sur le roc stérile
Du bec de l'aigle ou du vautour ;
Ce n'est qu'une aride poussière
Que le vent sème en sa carrière
Et qu'échauffe un rayon du jour !

Et moi, je dis : « Seigneur, c'est toi seul, c'est ta force,
Ta sagesse et ta volonté !
Ta vie et ta fécondité,
Ta prévoyance et ta bonté !
Le ver trouve ton nom gravé sous ton écorce,
Et mon œil, dans sa masse et son éternité ! »

ÉMILE VERHAEREN
(1855-1916, Belgique)

LES VIEUX CHÊNES

L'hiver, les chênes lourds et vieux, les chênes tors,
Geignant sous la tempête et projetant leurs branches
Comme de grands bras qui veulent fuir leurs corps,
Mais que tragiquement la chair retient aux hanches,

Semblent de maux obscurs les mornes recéleurs ;
Car l'âme des pays du Nord, sombre et sauvage,
Habite et clame en eux ses nocturnes douleurs
Et tord ses désespoirs d'automne en leur branchage.

Oh ! leurs plaintes et leurs plaintes, durant la nuit ;
D'abord, lointainement, douces et miaulantes,
Comme ayant joie et peur de troubler, de leur bruit,
Le sommeil ténébreux des campagnes dolentes,

Puis le désir soudain où la terreur se joint
Quand la tempête est là, hennissante et prochaine,
Puis le râlement brusque et terrible, si loin
Que les bêtes des grand'routes hurlent de haine

Ou se couchant, là-bas, dans les sillons, de peur
Puis un apaisement sinistre et despotique,
— Une attente de glaive et d'ombre et de fureur,
— Et tout à coup la rage énorme et frénétique,

Tout l'infini qui grince et se brise et se tord
Et se déchire et vole en lambeaux de colère,
À travers la campagne, et beugle au loin la mort
De l'un à l'autre point de l'espace solaire.

Oh ! les chênes ! Oh ! les mornes suppliciés !
Et leurs pousses et leurs branches que l'on arrache
Et que l'on broie ! Et leurs vieux bras exfoliés
À coups de foudre, à coups de bise, à coups de hache !

Ils sont crevés, solitaires ; leur front durci
Est labouré ; leur vieille écorce d'or est sombre
Et leur sève se plaint plus tristement que si
Le dernier cri du monde avait traversé l'ombre.

L'hiver, les chênes lourds et vieux, les chênes tors,
Geignant sous la tempête et projetant leurs branches
Comme de grands bras qui voudraient fuir un corps,
Mais que tragiquement la chair retient aux hanches,

Semblent de maux obscurs les mornes recéleurs,
Car l'âme des pays du Nord, sombre et sauvage,
Habite et clame en eux ses nocturnes douleurs
Et tord ses désespoirs d'automne en leur branchage.

CITRONNIER
(Citrus Medica)

Son nom vient du grec kitria. *Le citronnier est originaire de la Médie, partie de l'Asie située entre le bassin du Tigre et la mer Caspienne. Il fut d'abord transporté en Grèce puis dans le sud de l'Europe.*

De la famille des Citrées, cet arbre ne dépasse guère cinq mètres de hauteur. Il est épineux, surtout à l'état sauvage. Son bois dense et jaune est recherché pour l'ébénisterie. Le citronnier a les caractères de l'oranger, mais son fruit diffère par sa forme ovale, sa pointe obtuse et sa saveur acidulée. Des études ont montré que le citronnier est issu d'un hybride entre le bigaradier, qui produit l'orange amère et le cédratier dont le fruit est le cédrat. À l'origine, le citronnier servait de plante ornementale dont les jardins islamiques, au Moyen Âge surtout. Dans l'Antiquité, l'acidité du jus de citron servait à conserver la viande. En France, sa culture est localisée dans la région de Menton, où est célébrée chaque année la fête du Citron.

Sous le soleil brûlant qui l'écrase, la ville moderne de Jéricho, en Cisjordanie, ne serait que poussière et boue séchée, pour tout dire elle n'existerait pas sans la présence providentielle d'une oasis où l'irrigation permet une végétation de palmiers, d'orangers et de citronniers. Le contraste entre la terre craquelée du paysage avoisinant et la fraîcheur de l'oasis est saisissant.

Les citronniers ont la structure la mieux adaptée pour résister à la chaleur. Quand l'air devient trop brûlant, ils thésaurisent la moindre parcelle d'humidité dans les pores serrés de leurs petites feuilles lumineuses, et semblent mépriser de tous leurs fruits à l'enveloppe épaisse et grenue le désert hostile qui les entoure.

ALAIN BOSQUET
(1919-1998, France)

LES CITRONS

Ce soir, la lune
est
Carnivore,
Et se disputent les citrons
Six morts déjà !
Qui les déplore ?
Au cœur, la
nèfle se corrompt.

Être la pulpe, être l'agrume ?
un archipel couve les fruits
De son naufrage
un renard hume
une mangue sacrée.
Détruits,

Tous les jardins !
le soleil reste
En chambre, à jouer au poker…
Est-ce pourquoi la peau, le zeste
Même en novembre seront verts ?

Ce soir, la lune est une pomme ;
Anthropophage, elle a le droit
De s'imposer un destin d'homme.
Et les citrons tremblent de froid.

COCOTIER
(Cocos nucifera)

Arbre de la famille des palmiers, le cocotier pousse dans toutes les régions tropicales et peut atteindre vingt-cinq mètres de haut. Chorégraphe des alizés, le cocotier en est aussi la partition inscrite sur ses palmes.

Cet arbre a signé depuis longtemps un pacte secret avec la rose des vents. Nuit et jour il interprète, dans les mouvements de l'air, une musique dont la finesse est peu perceptible à nos oreilles d'humains.

En observant ses lamelles vibrer sous le vent d'est, que ce soit en Afrique, aux Antilles, en Asie ou dans l'océan Indien, on croirait que le cocotier détient le pouvoir magique de rendre visibles les mélodies venues du large et des lointains. Parfois, son tronc incliné semble saluer un public fervent.

Vision plus prosaïque du cocotier : comme le cochon sous nos latitudes, tout est bon chez ce palmier tropical. Savoureuse, la chair de sa noix, désaltérant le lait qui deviendra beurre. La coque est matière à divers objets, de la coupelle au cendrier. Le tronc sera bois de charpente, barrière ou totem. Le bourgeon terminal, sous le nom de « chou palmiste », est un aliment recherché. Avec les palmes on couvrira les cases, on tissera des nattes, des paniers, des chapeaux. Les enveloppes de fleurs, si on les coupe, libèrent un suc doux ; fermenté, il donnera du vin de palme. L'ivresse rapide apportée par ce vin sans couleur, mais au goût singulier, constitue le point d'orgue à la mélodie du cocotier, arbre providentiel.

JEAN METELLUS
(1937-2014, Haïti)

LE COCOTIER

Aigle végétal gravissant les nuages
Il a bravé le vif et le gril de la vie
Prenant racine dans l'humus ou la boue
Secouant la terre de ses cheveux têtus
Traversant ses entrailles par mille chemins
Se nourrissant de la mer ou du fleuve
Dribblant l'air mais toujours droit
Stipe clamant sa force
Stipe rageur et lumineux
Stipe descellant les pierres
Ton panache scintille comme l'éclair
Tes fleurs sourient victorieuses
Tes fruits se nouent en grappes géantes
C'est toi Cocotier

CORNOUILLER
(Cornus Mas L.)

Jadis, on trouvait cet arbre dans les vergers, à côté du pommier, du poirier ou du cerisier. Il n'est plus guère planté aujourd'hui. Le cornouiller mâle, aussi appelé « cornier », « corbier » ou « courgelier », peut atteindre sept à huit mètres de haut. Il est originaire de Méditerranée orientale.

Cet arbre a connu un passé glorieux. Selon Ovide, les hommes de l'âge d'or se nourrissaient de glands et de cornouiller. Sur le mont Ida qui domine la plaine de Troie, il existait un bois de cornouillers consacré à Apollon. C'est là que les Grecs prirent le bois pour construire le cheval de Troie. Le bois très dur du cornouiller servait à fabriquer des lances, des arcs (l'arc d'Ulysse était en cornouiller) et des manches d'outils.

La légende veut que le javelot fiché en terre par Romulus sur le mont Palatin, afin d'en prendre possession, était en bois de cornouiller.

De son fruit, on fait des gelées ou des confitures. En Turquie, il sert de base à l'élaboration d'un sirop qui a le goût et la couleur de la grenadine.

VICTOR NADAL
(1845-1907, France)

Comme un ermite plein de mépris pour le monde,
le cornouiller trapu goûte la paix profonde
qu'exhalaient à l'envi les bois environnants.

Il vieillit à l'abri des dômes frissonnants,
seul et fier de sentir battre sous son écorce
un cœur où la bravoure allait puiser la force.
Car, jadis, c'est à lui que les soldats romains
prenaient le javelot si terrible en leurs mains.

COUDRIER
(Corylus)

Le coudrier, ou noisetier (à partir du XVIe siècle), est un arbre de cinq à dix mètres de haut, dont les chatons, vers février-mars, se déploient, saupoudrés de pollen, pour annoncer la venue du printemps. Sa durée de vie n'est pas grande, mais il se régénère de lui-même par ses rejets de souche. De la famille des Bétulacées, il pousse dans les régions tempérées de l'hémisphère nord.

Il produit des noisettes, appréciées des écureuils et de certains rongeurs. L'espèce était déjà connue des hommes de la Préhistoire qui en consommaient les fruits. En France, des noms de lieux attestent la présence du coudrier : la Coudrée, le Corroy, le Bois des Caures, le Caurel.

Les druides et les bardes celtes utilisaient des tablettes en noisetier comme « supports d'inspiration ».

Le rameau fourchu du coudrier a toujours servi d'instrument pour les sourciers, sorte de baguette magique qui permettait de découvrir de l'eau, des minerais ou des trésors cachés sous la terre.

MARIE DE FRANCE
(milieu du XIIe, début du XIIIe siècle, France)

LE COUDRIER ET LE CHÈVREFEUILLE

(extrait)

De ces deux, il en fut ainsi
comme du
chèvrefeuille était
qui au coudrier s'attachait :
quand il s'est enlacé et pris
Et tout autour du fût s'est mis,
Ensemble ils peuvent bien durer,
Mais qu'on vienne à les séparer,
Le coudrier mourra bientôt
Et le chèvrefeuille aussitôt ;
« Belle amie, ainsi est de nous :
ni vous sans moi, ni moi sans vous. »

CYPRÈS
(Cupressus)

Le cyprès, originaire d'Asie, est emblématique, à plus d'un titre, de notre civilisation gréco-latine, et sa présence sur le pourtour méditerranéen où je suis né le rend cher à mon cœur. Il peut atteindre jusqu'à quarante mètres de haut.

Par sa longévité – il peut vivre plus de cinq cents ans – et sa verdeur pérenne, il est considéré par nombre de peuples comme l'arbre de vie, tout en étant, et ce n'est pas le moindre de ses paradoxes, associé à l'idée de deuil. D'ailleurs, chez les Gréco-Romains, il était l'arbre du monde souterrain lié au centre d'Hadès-Pluton. Sa silhouette élancée peuple souvent cimetières et nécropoles des pays méditerranéens.

La colline toscane est l'écrin idéal et superbe du cyprès. Elle est d'abord un contraste de formes végétales : la douceur du chapeau coiffant les pins parasols est barrée, vers le haut, par la lance aiguë des cyprès, correspondance, dans le paysage de la nature, du dôme flanqué du campanile qui s'élève au cœur de Florence. Cette opposition nette entre demi-sphère et cône est tempérée par la présence des oliviers, des lauriers et des chênes verts aux formes moins affirmées, même si leurs silhouettes s'identifient aisément – frondaisons en boule ou en plumeau, plus ou moins rapprochées du sol selon qu'il s'agit de l'olivier, du laurier ou de l'yeuse. La colline toscane est aussi harmonie de couleurs : au vert sombre, presque noir, des cyprès, répond le vert argenté de l'olivier puis celui de l'yeuse, plus métallique, proche de l'élytre de carabe ou de cétoine.

Dans la Chine ancienne, Tchouang Tseu écrivait que les frimas de l'hiver font ressortir avec plus d'éclat la force de résistance du cyprès. Le fait de consommer des graines de cyprès procurait la longévité car elles contenaient une importante quantité de yang.

J'ai vu, dans le jardin impérial (Yuhuaynan) de la Cité interdite, à Pékin, jardin qui fut dessiné sous la dynastie Ming (1368-1644), un cyprès dont le tronc imposant est une véritable sculpture faite de volutes et de nodosités, avec des veines ligneuses aussi expressives que celles, dans l'ordre géologique, du plissement hercynien.

On dit que certains arbres de ce jardin – le cyprès en fait sûrement partie – sont contemporains de sa création.

JULIEN GRACQ
(1910-2007, France)

Le cyprès : intrusion sévère, violemment protestataire, de l'univers des solides parmi la folle agitation féminine, hystérique, des feuilles et des vergettes à chaque instant mises en émoi par le vent. Tout ici est refus exemplaire de la flexion. Les rameaux se referment sur le tronc comme le faisceau contreforté d'un parapluie, se soudent, durement par la pointe comme les poils d'un pinceau encollé. Les fruits, minéralisés, d'une rigidité étrange de fossiles, font penser à de minuscules ballons de football éclatés aux coutures, mais ces segments disjoints qui provoquent l'ongle, nulle force ne peut les séparer.

JEAN AICARD
(1848-1921, France)

LES CYPRÈS

Vous m'êtes si chers, cyprès du
Nord, cyprès funèbres,
Malgré votre feuillage habité
des ténèbres,
Car vous me rappelez
d'autres cyprès joyeux,
Mes cyprès odorants dont la
forme est la même,
Vos frères du Midi, tout
l'horizon que j'aime,
où vous seriez plus verts dans
le bleu pur des cieux.

À vous voir je revois
Nettement comme un songe
Un grand chemin poudreux
qui devant moi s'allonge.
Brodé de grenadiers qui
réjouissent l'œil
Ou d'arbousiers touffus tout
rougissants de baies,
Et je devine au loin des
portails dans les haies
À deux cyprès debout aux
Deux côtés du seuil.

Et puis de toutes parts, ô
campagne ! ô nature !
Que de jardins ayant des
cyprès pour clôture,
Tout pleins de cris d'enfants
par des jeux échauffés :
Et que de fois j'ai vu, dans les
murs de feuillage,
Paraître tout à coup le
Curieux visage
Des petits vagabonds rouges
et décoiffés.

L'ombre de nos cyprès est
épaisse et charmante :
Ils connaissent le bruit des
baisers de l'amante,
Ils connaissent le rire et les chansons d'amour ;
Le gai pinson, autour de son
Nid, y voltige ;
la cigale se pose au fin bout
de leur tige,
Par les doux soirs d'été, pour
voir mourir le jour.

Ils cachent de vieux bancs où
vont s'assoir les couples.
Ils sont fermes et droits avec
des cimes souples,

Et leur fierté fut chère à
Virgile rêvant ;

Théocrite avant lui les citait
pour leur grâce,
Et tandis qu'il chantait :
« Cueillons le jour », Horace
Par leur faîte onduleux
jugeait l'effort du vent.

Comme un Oriental j'aime ces
sveltes arbres
oui, même ceux qu'on voit
debout entre des marbres,
Toujours jeunes et verts
comme sont les lauriers,
Et je crois que nos morts
pourtant libres d'envie
Doivent encore rêver des
plaisirs de la vie,
Sous l'ombrage riant des
cyprès familiers.

ÉBÉNIER
(Diospyros, Euclea)

Ébénier (du grec ebenos *et du latin* ebenus*) est le nom usuel de certains plaqueminiers (mot créole) originaires des régions équatoriales d'Afrique et d'Asie du Sud-Est. De la famille des Ébénacées, il fournit un bois dur et plus lourd que l'eau, utilisé en ébénisterie ou pour la sculpture. Jadis on en faisait les touches noires de piano.*

Dans l'Égypte des pharaons, il servait à sculpter ou à confectionner toutes sortes de statuettes ou d'objets précieux.

Au XIIe siècle, en Europe, le bois d'ébène entrait dans la fabrication de coffrets, de jeux d'échecs ou de manches d'outils. En 1743, fut créée, à Paris, la corporation des ébénistes. Leurs ateliers étaient, pour la plupart, regroupés dans le faubourg Saint-Antoine.

ARNAUD SAINT-HENRY
(né en 1944, France)

Les vertes collines d'Afrique du Sud sont sèches pendant l'hiver austral. Six mois sans une goutte de pluie. Elles ont, des lionnes, la couleur paille et la puissance retenue des croupes. Seuls, quelques baobabs sans âge, eucalyptus, ébéniers et jacarandas ponctuent le paysage.

Sous un ciel bleu acier débarrassé de tout nuage, des écoliers marchent pieds nus dans la poussière d'ocre vers une école invisible blottie dans un repli de terrain.

La grande fleur métallique d'une éolienne détourne le vol du héron.

L'Infini se soulève à peine.

ÉRABLE
(Acer)

Il existe plusieurs sortes d'érables : l'érable champêtre, l'érable plane, l'érable sycomore ou de montagne, dont l'aire géographique comprend la majeure partie de l'Europe. On le trouve également en Arménie et dans le Caucase. En Amérique du Nord poussent d'autres espèces, dont l'érable à sucre – sa feuille orne le drapeau canadien – et l'érable rouge, qui embrase, à l'automne, les forêts du Québec et de la Nouvelle-Angleterre au moment de l'été indien.

L'érable de montagne est originaire d'Europe où il croît jusqu'à mille cinq cents mètres. Il peut atteindre quarante-cinq mètres de hauteur et vivre plus de deux cents ans.

Dans la mythologie grecque, l'érable était l'arbre de Phobos, le dieu de l'épouvante. Cette attribution était due, sans doute, à la couleur rouge sang des feuilles de l'érable sycomore en automne. Le caractère funeste de l'érable fait qu'il est rarement mentionné dans les textes anciens.

L'érable du Japon est très apprécié des Japonais qui, à chaque automne, vont admirer ses couleurs flamboyantes.

En France, les noces d'érable correspondent à cinquante-huit ans de mariage.

ALBERT LOZEAU
(1878-1924, Canada)

ÉRABLE ROUGE

Dans le vent qui les tord les érables se plaignent,
Et j'en sais un, là-bas, dont tous les rameaux saignent !

Il est dans la montagne, auprès d'un chêne vieux,
Sur le bord d'un chemin sombre et silencieux.

L'écarlate s'épand et le rubis s'écoule
De sa large ramure au bruit frais d'eau qui coule.

Il n'est qu'une blessure où, magnifiquement,
Le rayon qui pénètre allume un flamboiement !

Le bel arbre ! On dirait que sa cime qui bouge
A trempé dans les feux mourants du soleil rouge !

Sur le feuillage d'or au sol brun s'amassant
Par instant, il échappe une feuille de sang.

Et quand le soir éteint l'éclat de chaque chose,
L'ombre qui l'enveloppe en devient toute rose !

La lune bleue et blanche au lointain émergeant,
Dans la nuit vaste et pure y verse une eau d'argent.

Et c'est une splendeur claire que rien n'égale,
Sous le soleil penchant ou la nuit automnale !

EUCALYPTUS
(Eucalyptus camaldulensis)

Le mot vient du grec eu, « *bien* », *et* kaluptos, « *couvert* ». *Cet arbre de la famille des Myrtacées comprend plus de six cents espèces, la plupart originaires d'Australie. On le trouve partout dans le monde aujourd'hui. Son tronc, à l'écorce marbrée, à la croissance très rapide, peut dépasser soixante mètres de hauteur. Son feuillage gris-vert est très odorant.*

Pour moi, l'eucalyptus est lié à l'idée de sacré, parce que les plus beaux qu'il m'ait été donné de voir ont poussé en des lieux investis d'une dimension spirituelle. L'un d'eux est Patmos, petite île des Sporades dans la mer Égée, où saint Jean l'Évangéliste exilé par les Romains sur cette colère de lave à peine refroidie reçut de Dieu le message de l'Apocalypse et le transcrivit pour nous. Je passai là un été dans un petit cube blanc niché au pied du monastère de Saint-Jean-le-Théologue qui domine le village de Chora, lui-même surplombant l'île. Chaque après-midi, je descendais au port par l'ancien chemin muletier. Sur le premier kilomètre, aucune végétation. Mais à mesure qu'on se rapprochait de la grotte où saint Jean vécut en ermite apparaissaient les eucalyptus avec leur frondaison vert argent si frémissante.

D'abord de taille moyenne, ils devenaient de plus en plus grands aux abords immédiats du sanctuaire. L'association se fit dans mon esprit entre l'existence de ces arbres majestueux autour du lieu sacré et le rôle de protection ornementale, qui semblait leur avoir été dévolu par un divin décret. Les eucalyptus devenaient, sans que j'en eusse conscience, l'image de cette parole de Dieu à l'Évangéliste : « Je suis l'alpha et l'oméga, le commencement et la fin. »

J'ai éprouvé la seconde « présence » des eucalyptus au bord du lac de Tibériade, en Galilée, de manière olfactive et visuelle à la fois, l'olfaction ayant déclenché la vision. Ceux-là avaient poussé près d'un petit embarcadère où l'histoire dit que Jésus avait pris un repas en compagnie de Pierre sur une roche allongée contre laquelle clapotait l'eau brune et tiède du lac. Alentour flottait, puissant, le parfum caractéristique ; il me parut enrichi – par quel mystère ? – de myrrhe et d'encens, fragrances des cathédrales. Le paysage aidant, ces eucalyptus devinrent cathédrales : leurs troncs et leur feuillage en étaient les colonnes, les chapiteaux ; le lac en fut l'abside ; le ciel de Galilée ses travées.

À cet instant, le souffle venu des monts de Jordanie qui fit trembler leurs feuilles se changea en murmure divin.

MICHEL COSEM
(né en 1939, France)

L'EUCALYPTUS

Entendez dans le soir
l'arbre aux fées
qui dialogue et chante
avec l'océan son cousin.
Il orchestre la tempête
les tourbillons
Et le retour des pêcheurs
Recueille les oiseaux migrateurs
Il est rocher, fanal, patrie,
À lui tout seul
En haut des falaises
Il est un ami.

FIGUIER
(Ficus carica)

En Provence ou dans le Sud-Ouest, le figuier est un petit arbre avec un tronc épais. Il peut développer une opulente frondaison. En été, apparaissent les figues gonflées de sève sucrée. La figue est une fleur qui, une fois fécondée, s'est refermée sur elle-même.

Le figuier joue un rôle important dans l'Ancien et le Nouveau Testament. Il pourrait bien avoir été l'arbre de la connaissance qui poussait dans le jardin d'Éden. Dans la Genèse, les feuilles de figuier furent le premier cache-sexe de l'homme déchu.

En Grèce, la figue, surtout sèche, était un élément important de l'alimentation.

*Le figuier est cultivé depuis des millénaires dans tout le bassin méditerranéen. Il regroupe près de six cents variétés. Aux espèces méditerranéennes et tropicales, il faut ajouter les espèces indiennes et d'Asie du Sud-Est comme celles du figuier des banians (*ficus benghalensis*) et du figuier dit « des pagodes » (*ficus religiosa*) parce que ses branches enracinées abritaient ou plutôt entouraient des pierres sacrées. Ils étaient les arbres de Vishnu et de Shiva avant que le second ne devienne celui de l'éveil du Bouddha, l'arbre cosmique aux racines duquel se love le serpent.*

Dans l'étonnant jardin Garibaldi, au centre de Palerme, en Sicile, j'ai eu la surprise de découvrir un arbre à la fois nouveau et familier, le figuier magnolia que les botanistes nomment « ficus mongoloïde ». Cette espèce hybride d'origine tropicale possède la frondaison du magnolia, avec ses feuilles vernissées vert sombre et la structure du tronc et des branches – racines adventives ou colonnaires, caractéristiques de l'espèce Ficus. *Ceux du jardin Garibaldi sont presque aussi impressionnants que les banians vus à Madras ou les figuiers des pagodes qui prolifèrent sur le site d'Angkor. Ce jardin dessiné en 1863 fut complanté d'arbres exotiques, dont ces ficus magnolias introduits en Sicile au début du* XIX*e* *siècle.*

Ceux que j'ai sous les yeux ont près de cent cinquante ans. Ils ombragent une fontaine et des bustes de figures du Risorgimento avec, en majesté, celui de Garibaldi.

J'ai vu ces diverses espèces de banian, qui peuvent atteindre vingt mètres de hauteur, à Cuba, près de la marina où Hemingway embarquait sur son bateau Le Pilar *pour aller pêcher l'espadon et le marlin.*

J'en ai vu en Afrique, au Cambodge, en Malaisie et à Bornéo, mais le plus inoubliable et le plus imposant à mes yeux se dresse à Madras, en pays tamoul au sud de l'Inde, dans le parc de la Société théosophique. Il est censé être le plus vieux du monde. Son immobilité n'est qu'apparente ; siècle après siècle, il se déplace en se multipliant selon un cycle végétatif qui s'exerce de bas en haut et de haut en bas : les racines, jaillissant vers la lumière, deviennent troncs, branches ; celles-ci, redescendant vers le sol pour y pénétrer, s'y font racines à leur tour, lesquelles engendreront d'autres troncs, d'autres branches. Des fûts se dressent, s'entrecroisent et l'arbre doucement forge sa propre cage dont il est à la fois l'otage et le gardien ; mais jamais celle-ci ne pourra l'enfermer puisqu'il saura tisser une autre cage.

Dans ce lacis végétal vit un peuple de serpents et d'oiseaux dont les petites morts suspendues entre terre et ciel sont les seuls repères possibles à notre perception d'infirmes voulant piéger la durée, face au temps ligneux du banian qui, dans le lent secret des sèves, se reproduit lui-même pour agrandir sans fin, en une cathédrale baroque, l'espace de son mouvement.

Sur le site d'Angkor, à Siem-Reap, au Cambodge, j'ai été fasciné par la vigueur du figuier des pagodes. Avec ses racines aériennes, il est de la même famille que celle du figuier des banians et peut atteindre plusieurs dizaines de mètres de hauteur.

*Aidé par son puissant complice le fromager (*Ceiba pentadra*), ce ficus enserre les temples et les sanctuaires, corsète les tours et les gopuras, soulève les dalles des terrasses, s'immisce entre les blocs de grès rose et, telle une liane saxifrage, écarte et maintient en place, par un mouvement double et contraire, ce que les bâtisseurs ont assemblé.*

*Édifié à la fin du XII*e *siècle, le temple de Ta Prohm proche d'Angkor Vat est un des plus grands monuments de la civilisation khmère. Il a été volontairement laissé dans l'état qui était le sien au moment de sa redécouverte autour des années 1860 par l'explorateur français Henri Mouhot. Ses photos montrent les immenses racines – on pense à des tentacules de poulpes géants – entourant, masquant, digérant même, les porches, les parois, les enceintes, en un étonnant tourbillon ligneux.*

Depuis bientôt dix siècles, le végétal, ici, triomphe de l'architecte et, sans bruit, impose sa loi. Le grand Élie Faure a écrit sur le sujet des lignes magnifiques : « Ce fromager, refusant de s'élancer dans le vide, encadre exactement d'une cataracte de tentacules une galerie. Ils ruissellent autour des figures en saillie, comme s'ils refusaient de les briser. Certains arbres sont des girons. Pour abriter une statue, leurs racines de deux ou trois mètres de large se sont repliées tendrement, comme des ailes. »

En Casamance, cette Floride sénégalaise, le fromager occupe le rang d'arbre tutélaire. Un proverbe de Baïla nous dit que bientôt on ne se souviendra plus du temps où il parlait aux hommes.

À Ziguinchor, encore tout empreinte du charme des comptoirs coloniaux, avec ses longues maisons à colonnades, ses vérandas, ses flamboyants et ses bougainvillées, j'ai admiré deux immenses fromagers peuplés de cigognes qui sont l'image d'un temps arrêté.

ÖZDEMIR INCE
(né en 1936, Turquie)

SOUS LE FIGUIER

Le jour décline, les lauriers-roses s'assombrissent au-delà
des arbres,
les hirondelles piquent au-dessus des toits ;
je reste là pendant des heures, assis en son ombre
poussiéreuse,
je caresse son tronc, qui est une vieille forêt d'encens,
et je plonge dans mes pensées, les poings sous le menton :
Métamorphose de la fleur : de père en fils, fleur d'un
monde neuf ;
regard d'enfant qui réveille sa mère, fleur qui sonne ;
les yeux de l'avenir, fleur qui se cherche une couleur ;
élégie pour la fleur sanglante, corps retiré de la mer.
Mes yeux voient, mes mains touchent : fleur de glace.
Je suis une plaie béante et une plaie qui brûle :
une fleur qui aime ses feuilles, au-dessous du figuier.

BHAGAVAD-GÎTÂ, CHANT XV
(IIe siècle av. J.-C., Inde)

FIGUIER-BANIAN

Le Seigneur bienheureux dit : « Il existe un arbre,
le banian, dont les racines pointent vers le haut,
et vers le bas pointent les branches ;
ses feuilles sont les hymnes védiques
Qui le connaît, connaît les Védas. (...)
Celui qui cherche à s'échapper de l'existence
matérielle doit connaître le banian en profondeur,
en l'étudiant de façon analytique. Alors il pourra
toucher les liens qui l'y retiennent. »

BHAGAVAD-GÎTÂ, CHANT XV
(IIe siècle av. J.-C., Inde)

FIGUIER DES PAGODES

Il est un figuier impérissable,
les racines en haut, les branches en bas, dit-on ;
les versets du Véda sont ses feuilles :
qui le sait, sait ce qu'est le Véda.

Vers le haut, vers le bas, s'épanouissent ses branches
nées des fibres de l'être : les choses sensibles
sont leurs bourgeons.
Entraînées vers le bas par le poids des actes,
ses racines prolifèrent dans le monde des hommes.

On n'en aperçoit ici-bas ni la forme, ni le sommet,
ni la base, ni l'envergure ;
ce figuier aux puissantes racines,
il faut le trancher avec le fer durci du détachement,

puis trouver le chemin sans retour (en pensant) :
« Je me confie à la Personne primordiale
d'où jadis surgit la création. »

FILAO
(Casuarina equisetifolia)

La petite île de la Digue, dans l'archipel des Seychelles, est avec l'île des Pins en Calédonie, un des plus beaux endroits au monde. Là, des amas de granit rose, mauve, brun ou presque noir, hérissent les sommets des « mornes », dégringolent le long des versants noyés sous la végétation et viennent souligner les rivages de leurs masses.

À peine débarqué du schooner, en provenance de Praslin, je suis allé marcher au hasard de chemins de sable, dans une végétation dense, dominée par des arbres de haute futaie : lataniers, takamakas, tecks, filaos.

Ce filao – il peut atteindre trente mètres de haut – avec son feuillage filaire et persistant, avec son bois si dur qu'on l'a surnommé « bois de fer », avec sa résistance à l'air salin, avec sa capacité à pousser sur des sols pauvres, je l'ai aussi rencontré en Asie du Sud-Est – Cambodge, Malaisie, Birmanie, Bornéo –, en Afrique, au Sénégal et en Nouvelle-Calédonie, en Floride et aux Bahamas. Chaque fois, j'ai eu plaisir à entendre siffler le vent, non pas « dans les branches de sassafras » chères à René de Obaldia, mais dans les fines aiguilles du filao.

LÉON DIERX
(1838-1912, France)

LES FILAOS

(extrait)

Là-bas, au flanc d'un mont couronné par la brume,
Entre deux noirs ravins coulant leurs frais échos,
Sous l'ondulation de l'air chaud qui s'allume
Monte un bois toujours vert de sombres filaos
Pareil au bruit lointain de la mer sur les sables,
Là-bas, dressant d'un jet ses troncs roides et roux,
Cette étrange forêt aux douleurs ineffables
Pousse un gémissement lugubre, immense et doux.
Là-bas, bien loin d'ici, dans l'épaisseur de l'ombre,
Et tous pris d'un frisson extatique, à jamais,
Ces filaos songeurs croisent leurs nefs sans nombre,
Et dardent vers le ciel leurs flexibles sommets.
Le vent frémit sans cesse à travers leurs branchages,
Et prolonge en glissant sur leurs cheveux froissés,
Pareil au bruit lointain de la mer sur les plages,
Un chant grave et houleux dans les taillis bercés,
Des profondeurs du bois, des rampes sur la plaine,
Du matin jusqu'au soir, sans relâche, on entend
Sous la ramure frêle une sonore haleine,
Qui naît, accourt, s'emplit, se déroule et s'étend
Sourde ou retentissante, et d'arcade en arcade
Va se perdre aux confins noyés de brouillards froids,
Comme le bruit lointain de la mer dans la rade
S'allonge sous les nuits pleines de longs effrois.

FLAMBOYANT
(Delonix regia)

Originaire de Madagascar, on trouve le flamboyant dans toute la zone intertropicale, où il est planté comme arbre ornemental. Il peut atteindre cinq à dix mètres de haut. Il en existe trois espèces : le flamboyant à floraison rouge, le petit flamboyant originaire des régions tropicales d'Amérique – il est l'emblème de l'île de la Barbade, dans les Petites Antilles – et le flamboyant bleu, nom donné au jacaranda mimosifolia, *arbre d'Amérique tropicale aux fleurs bleu-mauve. Je retrouve régulièrement le flamboyant dans une autre île, Saint-Barthélémy, dans les Antilles françaises. Il en est l'espèce la plus familière, à côté du tulipier, du frangipanier et du tamarinier.*

En saison humide, il est un brasier de fleurs. En saison sèche, son feu s'éteint aux branches, ne laissant que de fines dentelures dans le feuillage vert-doux. Le retour de l'humidité colore sa frondaison d'un éclatant rouge-orangé. L'arbre est comme inondé d'une lave en fusion, mais ses belles fleurs sont fragiles. La pluie même qui les suscita provoquera bientôt leur chute. Flétries et mouillées à terre, on pense, en les regardant, à ces robes de bal que la fatigue et la sueur fanent à la fin sur le corps des danseuses lasses.

Elles sont comme le baisser du rideau sur un nostalgique opéra.

RENÉ DEPESTRE
(né en 1926, Haïti)

LE TEMPS DES FLAMBOYANTS

Le poète a enfin sa route
par ce matin où
il y a des flamboyants dans tous les yeux
il a pris sa revanche contre la tête hideuse du monde
de toute sa colère empruntée au vent d'août
il a fracassé la boîte de ce siècle fou.

Ô délices du poète devant ce rouge réveil ; des hommes
toutes les rumeurs ensemble qui se lèvent
et font penser au petit matin de la prison
le chant du coq et la voix enrouée d'une gaillarde
le frottement d'un balai et des amours qui se meurent
d'autres métamorphoses. Ô la chance de vivre
et de tenir son pouls là comme une bille qui bouge
et ces monstres qui reviennent Filles de mes dégoûts
et toi infernale Enfant Notre-Dame de la diablesse
de rude écorce et si souvent câline

Moi je ne sors ni d'un hôtel ni d'un château
bas-de-fonds-des-villes abris-sans-lumière
je lance mon pus dans le jeu et le chaos
comme le seul espoir que mes mains tiennent avec amour
Voici que je reviens plus féroce de tous mes éreintements
je reviens avec comme ressources vingt ans de sorcellerie
je reviens avec dans mes veines la foudre noire de l'innocence

je reviens et j'ai choisi d'être tigre quand tous les hommes
sont loups

Ce matin il y a des flamboyants autour de mes pensées
il y a des flamboyants partout où l'on peut aimer
et je redis encore pour ceux dont les oreilles sont dures

Voici le temps maudit où le poète a choisi de vivre :

FRÊNE
(Fraxinus)

Si le frêne peut atteindre quarante à quarante-cinq mètres de haut – taille exceptionnelle chez les feuillus –, il n'a qu'une durée de vie assez limitée pour un arbre : cent vingt ou cent cinquante ans. Cette espèce croît en Europe et jusqu'à l'Asie occidentale, mais devient rare dans les régions méditerranéennes.

Une importante mythologie s'attache à cet arbre qui, dans la Grèce archaïque, était l'arbre de Poséidon, dieu des séismes. Il attirait le feu céleste et les pluies d'orage. Chez les Germains, il était l'arbre cosmique, médiateur entre le ciel et la terre. Chez les Celtes, le frêne était sacré. Dans l'Europe entière, le frêne était considéré comme un arbre guérisseur. Le suc de ses feuilles était efficace contre les morsures de serpent.

Le culte du frêne, très étendu aux temps antiques, a survécu chez les Berbères d'Afrique du Nord. Il est, à leurs yeux, le premier arbre créé par Dieu. En Kabylie, il est « l'arbre de la femme ». Il existe une espèce de frêne à fleurs, de plus petite taille, qui se plaît dans les régions chaudes et sèches comme la Grèce. Sa floraison, en mai, produit une odeur de miel. En août, on pratique une incision dans l'écorce afin de recueillir un suc qui, coagulé, forme la « manne », considérée par les Anciens comme un miel, le « miel de l'air ».

On récoltait surtout cette manne dans le sud de l'Italie et en Sicile. Les feuilles du frêne avaient des vertus diurétiques et soignaient les rhumatismes articulaires. Dans les campagnes, l'écorce des rameaux était utilisée comme fébrifuge. On appelait le frêne le « quinquina de l'Europe ».

Dans les anciens rites populaires, on se servait du frêne pour allumer le feu nouveau et faire venir les premières pluies de printemps.

*Homère nous dit, dans l'*Iliade*, que le javelot d'Achille était en frêne. Dans la mythologie nordique, le frêne est Yggdrasil, l'arbre monde, l'arbre fondateur qui supporte la voûte céleste et les neuf royaumes.*

VAUQUELIN DE LA FRESNAYE
(1536-1601, France)

FRÊNE HAUTAIN, FORESTIER ET CHAMPÊTRE

Frêne hautain, forestier et champêtre,
L'arbre premier de tant d'arbres divers,
L'arbre immortel au renom de mes vers,
L'arbre aux serpents toujours odieux maître ;

Le coudre rompt, mais tu te fais connaître
Propre à la guerre et jamais de travers
De toi tortu les monts ne sont couverts,
Ains haut et droit toujours as voulu naître ;

Je fais mes dards, pour tous mes arcs, de toi,
Les forestiers en font de même moi,
Et Panarèthe en fait les siens encore :

Phébus aussi en patronne ses traits,
Sa chaste sœur son carquois en décore,
Ainsi au bois as tous noms satisfaits.

GENÉVRIER
(Juniperus communis)

D'origine américaine, asiatique, africaine et européenne, le genévrier peut atteindre de quinze à trente mètres de haut selon les espèces et vivre plus de deux cents ans. Son nom vient du latin juniperus. *Les feuilles persistantes caractérisent deux sortes de genévriers : ceux à feuilles pointues en aiguilles et ceux à feuilles en écailles, très semblables à celles des cyprès, mais piquantes.*

Le genévrier produit des baies qui virent au bleu et au noir à maturité. Cet arbre était apprécié des anciens Grecs et des Romains. Ces derniers utilisaient l'huile de cade en chauffant le bois de genévrier, huile qui servait pour la toilette des morts. Au Moyen Âge, les fumigations de genévrier étaient réputées désinfectantes et le vin de genièvre avait des vertus diurétiques.

Les baies de genièvre entrent dans la composition de l'alcool de genièvre, le gin et l'aquavit. On les intègre souvent à la choucroute pour lui donner du goût. Pour utiliser le calcium qu'il contient, les Indiens navajos brûlent les branches et intègrent la cendre à des aliments. L'huile essentielle de genévrier est réputée pour ses vertus anti-inflammatoires et bactéricides.

Son bois imputrescible est utilisé dans la fabrication de manches d'outils ou de couteaux et de crayons.

En Cerdagne, dans l'est des Pyrénées, le genévrier était jadis cloué sur les portes pour se protéger du mauvais sort.

L'ARIOSTE
(1474-1533, Italie)

LE GENIÈVRE

Un arbuste épineux se plaît aux lieux déserts,
Et par sa bonne odeur entre tous il excelle,
Hérissant sous le vent sa verdure immortelle
En dépit des étés, en dépit des hivers.

Le nom dont il se nomme est celui qu'en mes fers
Sans cesse je redis ; c'est le doux nom de celle
Que partout je suivrais en affrontant pour elle
Le chaud après le froid, tous les périls des mers.

Et si mes longs efforts dans la carrière épique,
Ou mon heureuse étoile ou l'amour qui me pique,
Me conduisent un jour jusqu'au but glorieux,

(Me pardonne Bacchus, Apollon me pardonne !)
Je ne veux ni laurier ni pampre pour couronne :
Un genièvre ceindra mon front victorieux.

GINKGO
(Ginkgo biloba)

Le nom de cet arbre vient du japonais gin yo, *dérivé du chinois* ya tchio, *qui signifie « patte de canard » : c'est en effet la forme de sa feuille, biloba évoque la forme à deux lobes.*

Il a été surnommé « l'arbre aux quarante écus », car il fut acheté pour cette somme – importante à l'époque – en 1788 par un botaniste français à un botaniste anglais.

Le ginkgo peut atteindre quarante mètres de haut et vivre mille ans et plus…

Une image de Hiroshima nous est aujourd'hui familière, celle du bâtiment surmonté d'une carcasse de dôme rappelant un observatoire. Son emplacement au cœur de la ville correspond à l'épicentre de l'explosion atomique du 6 août 1945. Dôme et pans de murs adjacents, percés de fenêtres, ont été laissés en l'état, pour témoigner. Ce que l'on remarque moins, face aux ruines, est un ginkgo, arbre à la résistance et à la longévité exceptionnelles. Ce ginkgo était déjà là le 6 août 1945 et il fut réduit en cendres comme tout ce qui vivait alentour. Rien, jamais, ne semblait devoir repousser dans cette zone. Pourtant, dès les printemps suivant, les rescapés de Hiroshima virent surgir de la souche calcinée une pousse : la sève du ginkgo avait résisté au brasier atomique. Soixante-quinze ans après, la pousse est devenue un bel arbre, mais à soixante-quinze ans, un ginkgo est encore dans la prime enfance. On dit qu'en Chine, aujourd'hui, certains approcheraient les quatre mille ans. D'autres, au Japon et en Corée, ont franchi le cap du millénaire. Cet arbre est, selon l'expression même de Darwin, un « fossile vivant ». Ses origines remontent au carbonifère.

Au-delà de ces théories, une chose est sûre : le ginkgo, lui, est demeuré intact au travers des mutations de millions d'années sans menacer aucune espèce ni prendre la place de quelque groupe que ce soit. Rien n'entame cet arbre : ni insectes, ni champignons, ni parasites, ni pollution, ni même certaines radiations ou rayonnements, ce qui expliquerait la survie du ginkgo de Hiroshima. Pour avoir ainsi résisté à toutes les convulsions de l'écorce, le ginkgo est devenu l'ancêtre incontesté des arbres qui peuplent notre sol. Il est, à sa manière, unique dans le règne végétal. Peut-être le monde survivra-t-il dans les racines du ginkgo ? Les hommes de maintenant le plantent au cœur de leurs grandes cités chaque fois qu'un arbre d'une autre espèce meurt. Ils exorcisent, par ce choix, l'idée même de dépérissement.

Dans le sud de la Corée, à Kyongju, ancienne capitale de la civilisation Silla dont l'apogée, aux VIIIe et IXe siècles de notre ère, fut l'âge d'or de ce pays, j'ai vu là de vénérables ginkgos ombrager une tombe royale en forme de tumulus couvert d'herbe rase dite « tombe du cheval céleste ». Le roi y est allongé, tête tournée vers l'est. Je l'ai imaginé sur son coursier, volant de colline en colline vers la pente adoucie de son éternité où il régnerait sur le temps à l'ombre des ginkgos millénaires.

GOETHE
(1749-1832, Allemagne)

GINKO BILOBA

La feuille de cet arbre
Qu'à mon jardin confia l'Orient
Laisse entrevoir son sens secret
Au sage qui sait s'en saisir.

Serait-ce là un être unique
Qui de lui-même s'est déchiré ?
Ou bien deux qui se sont choisis
Et qui ne veulent être qu'un ?

Répondant à cette question
J'ai percé le sens de l'énigme
Ne sens-tu pas d'après mon chant
Que je suis un et pourtant deux ?

HÊTRE
(Fagus sylvatica)

Lors de mes promenades hebdomadaires dans la forêt de Rambouillet, je m'attarde toujours devant quelques hêtres de haute futaie dont j'estime l'âge à cent cinquante ans. J'admire leurs troncs lisses au gris cendré qui montent droit vers le ciel jusqu'à quarante ou quarante-cinq mètres. Ils ont résisté à toutes les précédentes tempêtes et vivront, sans doute, jusqu'à trois ou quatre cents ans, davantage parfois.

Le hêtre est, après le chêne, l'espèce la plus importante de la forêt française. Les hêtraies de Villers-Cotterêts, dans l'Oise, et celles de Lyons-la-Forêt, en Seine-Maritime, sont parmi les plus belles de France.

L'habitat de cet arbre majestueux est l'Europe occidentale. On le trouve aussi dans le Caucase et en Crimée.

Il est probable que, dans des temps très anciens, le hêtre était l'objet d'un culte. À Rome, à l'époque de Pline, on trouvait un temple de Jupiter Fagutalis à côté d'un hêtre sacré. Ce culte du hêtre fut éclipsé très tôt par celui du chêne. En Lorraine et dans les Ardennes luxembourgeoises, une croyance voulait que le hêtre ne fût jamais atteint par la foudre, par opposition au chêne et au frêne qui, eux, passaient pour l'attirer. La créosote, qui est le goudron de son bois distillé à sec, est un antiseptique puissant utilisé par l'industrie pharmaceutique dans la confection de nombreux sirops.

DOMINIQUE SAMPIERO
(né en 1954, France)

EMPATHIE DU HÊTRE ET DU TREMBLE

Beaucoup de trembles ou de hêtres m'ont serré
dans leur fraîcheur quand j'allais au plus mal.

Je leur dois cette survie qui pousse mon ombre
à parler de longues heures avec leur ombre.

Et des étreintes imprimant les rides de leur écorce
sur ma peau de rêveur.

On fait la sourde oreille aux crissements des cailloux
sous nos pas, au timbre feutré des nuages glissant

le long d'un toit, au chant solaire d'un forsythia
dans le jaune de son cri incendiaire.

On reste idiot de cette petite mort
qui nous prend par la main

à chaque seconde de cette vie
passée à traquer les signes.

JOSÉ-MARIA DE HEREDIA
(1842-1905, France)

LE DIEU HÊTRE

Le Garumne a bâti sa rustique maison
sous un grand hêtre au tronc
musculeux comme un torse
dont la sève d'un Dieu gonfle
La blanche écorce.
La forêt maternelle est tout son horizon.

Car l'homme libre y trouve, au gré
de la saison,
les faînes, le bois, l'ombre et les bêtes
qu'il force
avec l'arc ou l'épieu, le filet ou l'amorce
pour en manger la chair et vêtir leur toison.

Longtemps il a vécu riche, heureux et sans maître,
Et le soir, lorsqu'il rentre au logis, le vieux hêtre
de ses bras familiers semble lui faire accueil.
Et quand la mort viendra courber sa tête franche,
ses petits-fils auront pour tailler son cercueil
L'incorruptible cœur de la maîtresse blanche.

JEAN GROSJEAN
(1912-2006, France)

L'ombre tourne sous le hêtre
sans que le soleil descende.
Le soleil stagne au zénith,
les pommiers plient sous leur charge.

La respiration d'une herbe,
le cheminement des taupes,
la fumée droite et tranquille
du hameau qui brûle au loin.

Sous le silence du monde
on entend l'autre silence.

HOUX
(Ilex aquifolium)

Au début de l'hiver, les Germains décoraient leurs maisons de branches de houx avec leurs petites boules rouges. Cette coutume a persisté dans de nombreuses régions de France, de Suisse et d'Allemagne. Dans les pays anglo-saxons, les feuilles vernissées bordées d'épines du houx et ses fruits en forme de boules au rouge vif sont un élément important de la décoration de Noël.

Le houx est un grand arbrisseau ne dépassant guère quatre à cinq mètres de haut, même s'il monte parfois jusqu'à dix ou vingt mètres. Il peut vivre jusqu'à deux cents ans.

On trouve le houx de l'Europe de l'Ouest à l'Afrique du Nord. Il a besoin d'une certaine humidité mais redoute les grands froids. Par son feuillage persistant et ses fruits, le houx symbolise la persistance de la vie végétale.

Pour les Romains, le houx planté près d'une maison en écartait les mauvais esprits grâce à ses piquants. Les Romains se servaient des feuilles de houx pour soigner les maladies articulaires.

La phytothérapie moderne les emploie encore.

REMY DE GOURMONT
(1858-1915, France)

(extrait)

Houx, arbre à peine arbrisseau, ciseau des fesses hypocrites, burin de dos aimables,
manche du fouet, poignet du martinet,
Houx aux yeux rouges, de tout le sang jailli sous tes griffes on ferait un philtre de fraternité,
Houx, petit arbrisseau, petit bourreau, joie de mon triste cœur.

IF
(Taxus baccata)

Protecteur traditionnel des morts, l'if est en retour protégé par ces mêmes morts. Ainsi a-t-il traversé les siècles. Il dépasse rarement vingt mètres de haut. En revanche, il peut vivre plusieurs siècles. Il existe en Angleterre un if âgé de mille quatre cent cinquante ans dont le tronc a quinze mètres de tour. L'if serait le plus vieux de tous les êtres vivants au monde. Il était l'arbre sacré du druidisme et la plupart des objets culturels étaient taillés dans son bois, comme le fameux bâton druidique.

Dès la plus Haute Antiquité, le bois de l'if a servi à fabriquer des piques et des lances, mais surtout des arcs et des flèches, ce en raison de sa résistance et de son élasticité ! À Rome, lorsque l'on sacrifiait à Hécate des taureaux noirs, ils étaient ornés de guirlandes d'if. Les prêtres d'Éleusis portaient des couronnes de rameaux d'if, symboles de la mort mais aussi de l'immortalité !

La vie très longue de cet arbre, constituant une promesse de survie dans l'autre monde, explique sa présence dans les cimetières. Sa croissance extrêmement lente et solitaire fait de l'if un arbre hors du temps.

ANDRÉ LEBEY
(1877-1938, France)

LES IFS D'IRLANDE

À Jacques Trouard-Riolle

Tels qu'en l'écu du vert blason,
Droits sur les trèfles de leur terre,
D'une émeraude sombre et claire
Unissant à part ses deux tons,

Ouverts au ciel, les ifs d'Irlande,
Muets sous le vent de la mer
Capté comme pour une offrande
À leurs pointes, douces dans l'air,

Sacrent les parcs, hiératiques
Devant les douves des manoirs
Où de hauts cygnes romantiques
Sont de neige à ces noirs miroirs.

Cherchent-ils dans les soirs mystiques
La couronne des saints uniques,
Celtes toujours, chrétiens encor ?

Veillent-ils là-bas sur la lande
La tombe d'un vieux roi d'Irlande
Endormi sur sa harpe d'or ?

JACARANDA
(Jacaranda mimosifolioa)

Arbre subtropical de la famille des Bignoniacées, son nom est d'origine guarani. On le nomme aussi « jacaranda bleu » ou « arbre fougère ». Il peut atteindre vingt mètres de hauteur.

D'abord venu du Brésil, il pousse dans de nombreuses régions du monde, du midi de la France et sur l'ensemble de la côte méditerranéenne jusqu'en Afrique du Sud. On en trouve aussi au Népal et au Japon. Il orne de ses belles fleurs bleu-mauve les rues de Montevideo en Uruguay, où je les ai vus dans cette ville où sont nés Lautréamont et Jules Supervielle.

Les ébénistes le nomment « faux palissandre ».

CLAUDINE HELFT
(contemporaine, France)

JACARANDA
(extrait)

I

Il faut savoir entendre ce rire parfois
qui te force à vivre plus loin que la vie,
retrouver l'exégèse du seul secret
qui te mena vers ces collines jetées
en cascades, Jacaranda, les toits
recouvraient le sabre et le couvert, de sable
et de soleil, Jacaranda, Jacaranda,
était-ce le nom d'une femme ou d'un fleuve,
ou cette couleur particulière à la mer
qui s'abandonne au soir ? Jacaranda,
était-ce le nom d'une fable ou d'un arbre
dont l'odeur enivre la feuille et l'affaiblit,
ou celui d'un nuage en quête d'un défunt ?

II

Était-ce donc le nom d'un fruit barbare,
celui d'un jeu d'enfant qui descend la nuit ou
d'un bruit d'étoiles au soir d'un mort qu'on oublie,
le son d'un rêve brisé dont toutes les joies
couleraient d'immenses yeux d'or ? Jacaranda
étais-tu l'alarme, l'amour et la source,
ou ce cri trop grand qui sort des gorges
énormes de l'homme à la recherche de sa terre ?

Tu portais le nom d'une fleur sans pétales,
d'un arbre au cœur de givre et d'espoir,
et dont le bleu soudain élargissait le ciel.

ARBRE DE JUDÉE
(Cercis siliquastrum)

Selon la légende, Judas se serait pendu à cet arbre après avoir trahi Jésus. Originaire d'Europe du Sud et d'Asie Mineure, l'arbre de Judée peut atteindre dix mètres de haut. Ses fleurs, comme celles de l'amandier, apparaissent avant les feuilles en avril-mai. Son fruit est une gousse aplatie qui contient une dizaine de graines très appréciées de la mésange bleue et de la mésange charbonnière. Il est de croissance rapide et son espérance de vie est de cent ans.

Son nom vient de sa région d'origine. Ses fleurs roses tendant vers le pourpre ont la couleur de la honte du traître.

C'est un bel arbre d'ornement que l'on trouve dans nombre de parcs et de jardins, en ville et à la campagne.

THÉODORE DE BANVILLE
(1823-1891, France)

L'ARBRE DE JUDÉE

(extrait)

Lorsque mai rougissant
Rassérène les cœurs
Et que sourit à tous la terre
fécondée,
Quand sur les verts gazons
Chloris mène des chœurs,
Il fleurit dans le parc un
arbre de Judée.

C'est un arbre tout rose, et
Sans feuilles d'abord,
Un tout harmonieux que rien
autre n'égale.
Ses longs rameaux, groupés
dans un parfait accord,
Ont l'air de supporter des
roses du Bengale.

Quand la feuille leur met son
beau satin ouvert,
Ils sont plus doux encore aux
regards de l'artiste ;
le pourpre s'adoucit près du
feuillage vert,

Et la tendre émeraude
encadre l'améthyste.

Puisque c'est à présent que
mon arbre fleurit,
Je veux, couché sur l'herbe,
oubliant toutes choses,
Que ses vivants écrins
égarer mon esprit,
Et pendant un moment faire
des songes roses

LAURIER
(Laurus nobilis)

Poussé contre un mur près de ma maison de campagne, j'ai la chance d'avoir un très beau laurier haut de dix mètres. Cet arbre est aussi nommé « laurier noble » ou « laurier d'Apollon », car c'est d'un arbre divin qu'il s'agit. Quand vient le moment d'agrémenter une sauce ou un bouquet garni, je vais cueillir quelques-unes de ses feuilles. C'est pour cela qu'on l'appelle aussi familièrement « laurier-sauce ».

L'arbre, avec ses feuilles persistantes vert foncé, a belle allure. Selon certains, il tient cette grâce du fait qu'avant d'être un végétal, le laurier fut une nymphe aimée d'Apollon, qui portait le nom de Daphné.

Originaire du pourtour méditerranéen, l'espèce pousse à l'état sauvage en Asie Mineure, en Afrique du Nord, en Espagne et au Portugal. En Provence, il a été introduit par les Romains.

Arbre à feuilles persistantes, il peut monter jusqu'à vingt mètres de haut. Attribut d'Apollon, le laurier symbolisait le triomphe de la lumière sur les ténèbres et de la pureté sur la souillure. Il était aussi l'emblème des messagers apportant de bonnes nouvelles.

La représentation de la Victoire portait une couronne de laurier qui symbolisait la fin des combats. À Rome, le général en chef victorieux, quand il célébrait son triomphe, traversait la ville sur un char tiré par quatre chevaux couronnés de laurier. Au Moyen Âge, il couronnait les lauréats des jeux académiques hérités de l'Antiquité gréco-romaine.

THÉODORE DE BANVILLE
(1823-1891, France)

LE LAURIER DE LA TURBIE

Toi qui jusques au ciel montes, colosse droit,
Et qui poses tes pieds dans le roc dur et froid,
Ô symbole ! géant ! bel arbre aux feuilles lisses !
Laurier, ma lâche envie et mes saintes délices !
Fantôme que Pindare ému reconnaîtrait !
Compagnon de la Lyre idéale ! Portrait
De tout ce que j'adore et de tout ce qui m'aime !
Arbre mélodieux, grand comme Phébus même !
Sombre feuillage, hélas ! mon immortel affront !
Jamais ton noir rameau ne couvrira mon front ;
Ami, c'est comme un vain passant que tu m'accueilles ;
À peine si dans l'ombre une seule des feuilles
Que l'âpre vent du soir t'arrache avec effroi,
Brille, chimère folle, et glisse autour de moi ;

Et pourtant, Laurier vert, gloire de la campagne,
Je n'ai souhaité, moi, ni la douce campagne
Dont les regards nous font un ciel dans la maison
Ni les petits enfants à la blonde toison ;
Ni la richesse aux doigts parfumés d'ambroisie,
Et tout ce dont l'esprit jaloux se rassasie,
Ni le repos, si cher à des bohémiens ;
Et ces enchantements sans nombre, et tous ces biens
Que notre solitude avidement réclame,
Arbre mouvant ! Laurier ! tu le sais, moi dont l'âme

Bondissait jusqu'aux cieux d'un vol démesuré,
Je n'en ai rien connu, je n'ai rien désiré !
J'ai vécu seul, penché sur le monde physique,
Toujours étudiant le grand art, la Musique,
Dans le cri de la pourpre et dans le chant des fleurs
Où dort la symphonie immense des couleurs,
Dans les flots que la mer jette de ses amphores.
Dans le balancement des étoiles sonores,
Dans l'orgue des grands bois éperdus sous le vent !
J'ai mis tout mon orgueil à devenir savant,
Pâle et muet, j'entends le murmure des roses :
Et de tous les trésors et de toutes les choses
Qui plantent dans nos cœurs un regret meurtrier,
Tu le sais bien, je n'ai voulu que toi, Laurier !

MAGNOLIA
(Magnolia)

Cet arbre a été ainsi nommé par le frère Charles Plumier (1646-1704) en l'honneur du médecin et botaniste Pierre Magnol (1638-1715) qui dirigea le jardin botanique de Montpellier.

Le magnolia est originaire d'Extrême-Orient, d'Asie centrale, d'Amérique du Nord et d'Amérique centrale. Il peut atteindre vingt-cinq mètres de haut et vivre jusqu'à deux cents ans. On distingue deux espèces de magnolia : celle à feuilles caduques d'un vert clair qui fleurit au début du printemps, et celle à grandes fleurs, qui a des feuilles persistantes, vernissées d'un beau vert foncé.

Le magnolia a été acclimaté en Europe à partir de 1711, après que le gouverneur de la Louisiane, Roland-Michel Barrin de la Galissonnière, en avait expédié des plants qui furent débarqués en Bretagne et envoyés à Nantes où le maire, qui était botaniste, les mit en serre.

Les fleurs de magnolia attirent les insectes pollinisateurs. La famille des magnolias comprend plus de cent espèces.

Ce sont des arbres d'ornement du plus bel effet. C'est pourquoi j'en ai planté un, à feuilles caduques, dans mon parc. Le printemps venu, j'ai eu le plaisir de voir éclore ses belles fleurs blanches qui, pendant quelque temps, ont constitué une lumineuse ponctuation végétale devant la vieille grange au bois gris où a poussé mon magnolia.

PABLO NERUDA
(1904-1973, Chili)

ODE AU MAGNOLIA

(extrait)

Une fleur de magnolia
pure
ronde comme un cercle
de neige
monta jusqu'à ma fenêtre,
me réconciliant avec la beauté.
Entre ses feuilles lisses
ocre et vert
fermée,
elle était parfaite
comme un œuf
céleste,
ouverte
elle était la pierre
de la lune,
Aphrodiste embaumée,
planète de platine,
Ses grands pétales me rappelèrent
les draps
de la première lune
amoureuse
et son pistil
érigé
était tour nuptiale
des abeilles.

Ô blancheur
entre
toutes les blancheurs,
fleur immaculée,
amour resplendissant,
odeur de neige blanche
et de citrons,
secrète secrétaire
de l'aurore,
coupole
des cygnes,
rayonnante apparition !
Comment
Te chanter sans
toucher
ta
peau très pure,
T'aimer
Seulement
aux pieds
de ta beauté
et t'emporter
dormante
dans l'arbre de mon âme,
resplendissante, ouverte,
aveuglante,
sur la forêt obscure
des songes !

MANGLIER
(Rhizophora macemosa)

Arbre caractéristique de la mangrove, cette formation végétale des régions côtières intertropicales est constituée de forêts impénétrables de palétuviers qui fixent leurs racines dans les baies aux eaux chaudes.

On trouve le manglier en Martinique, par exemple. Sur le front de mer, ce sont les rhizophores ou « mangle rouge » dont les racines en arc-boutant, plongent directement dans la mer. Dans l'intérieur, ce sont les mangles blanches aux troncs droits et assez élevés, dont les racines émettent hors de l'eau des pneumatophores qui leur permettront de respirer. Au milieu de cette forêt marine, ponctuée de mares à fonds vaseux, vit un peuple d'oiseaux sédentaires ou migrateurs : poules d'eau, sarcelles, canards.

Le manglier, de la famille des palétuviers aux racines aériennes très développées, donne un fruit, la mangle, en forme de fléchette, qui se fiche dans la vase lors de sa chute.

J'ai vu, de par le monde, ces tourbillons végétaux, ces pelotes touffues où le palétuvier rouge, noir, blanc, gris, déploie ses racines échasses qu'il ancre en un limon salé.

Sur de frêles esquifs, j'ai pénétré ces formations héliophiles pour y débusquer, en Birmanie sur le lac Inle, en Éthiopie sur le lac Tana, en Égypte sur les rives du Nil, à Bornéo chez les Dayaks de la mer, à Cuba ou en Casamance, le crabe sémaphore, le singe nasique et l'ibis sacré. En Louisiane, en Floride, j'ai mêlé mes rêves à la mousse espagnole des bayous, avant de revenir sur le front lisse du sable, y regarder passer au loin les caravelles métalliques d'improbables conquistadors.

ROBERT BERROUËT-ORIOL
(contemporain, Haïti)

ÉLOGE DE LA MANGROVE

(extrait)

c'est par l'ample artère saline qu'ils mènent vers toi prologue estuaire où s'accouplent les eaux duelles la vase les palétuviers les échasses les alluvions les fougères les mangliers les crabes sémaphore à l'abandon des signes manchots et pour délier mes cahiers d'écolier contre mortifères râles qui bradent sur criques voraces la forge des métaphores je les cueille au cens et les préserve sous ta langue et au sortir d'un tel songe j'élonge urbaines travées de mangrove ah voici que ton ombre badine encor me file entre les doigts.

MARRONNIER
(Aesculus hippocastanum)

En 1615, le botaniste Bachelier rapporte de Constantinople le premier marronnier, qui fut planté à Paris dans la cour de l'hôtel de Soubise, dans le Marais. Aussi les marronniers du parc de Versailles n'étaient-ils pas grands au temps de Louis XIV. La fière allure de cet arbre d'ornement pouvant mesurer jusqu'à trente mètres et vivre plus de cent cinquante ans lui a valu d'orner les grands parcs à la française et ceux des belles demeures bourgeoises.

On lui donna le nom de « marronnier d'Inde » ou « marronnier blanc ». L'expression apparaît dans l'édition de 1832 du Dictionnaire de l'Académie française. *En réalité, sa vraie patrie était les montagnes du nord de la Grèce jusqu'à la mer Caspienne, où le marronnier pousse à l'état spontané.*

L'arbre s'est bien acclimaté dans les villes où il a été planté le long de rues et d'avenues, mais il souffre de la sécheresse en été, comme de la pollution : dès le mois d'août, ses feuilles commencent à roussir et à tomber.

Aux XVIIe et XVIIIe siècles, certains recommandaient l'écorce et le fruit du marronnier comme fébrifuges, et à la fin du XIXe siècle, des médecins découvrirent les propriétés du marron d'Inde contre les troubles veineux, les varices et les hémorroïdes. La phytothérapie moderne utilise les propriétés veinotropes du marronnier.

THÉOPHILE GAUTIER
(1811-1872, France)

LA FLEUR QUI FAIT LE PRINTEMPS

(extrait)

Les marronniers de la terrasse
Vont bientôt fleurir, à Saint-Jean,
La villa d'où la vue embrasse
Tant de monts bleus coiffés d'argent.

La feuille, hier encor pliée
Dans son étroit corset d'hiver,
Met sur la branche déliée
Les premières touches de vert.

Mais en vain le soleil excite
La sève des rameaux trop lents
La fleur retardataire hésite
À faire voir ses thyrses blancs. (…)

Marronniers, pressez-vous d'éclore
Et d'éblouir mes yeux ravis.

MIMOSA
(Acacia dealbata)

Habituellement désignée sous le nom de « mimosa d'hiver », cette espèce d'arbres appartient à la sous-famille des Mimosoidées. Son nom vient du latin des botanistes, mimosa *(« qui mime ») : les feuilles du mimosa se rétractent quand on les touche.*

Blaise Cendrars a exprimé cette caractéristique dans un de ses textes : « J'ai traversé un buisson de grands mimosas. Ils s'écartaient de moi sur mon passage. Ils écartèrent leurs branches avec un petit sifflement. Car ce sont des arbres de sensibilité et presque de nervosité. »

*On trouve le mimosa à l'état sauvage sur les côtes méditerranéennes et atlantiques. J'en possède un dans mon jardin du cap Ferret. L'arbre est originaire d'Australie. Il a été introduit en Europe à la suite du premier voyage du capitaine Cook (1768-1771). Les deux botanistes qui étaient à bord de l'*Endeavour *en ont rapporté des pousses en Angleterre.*

En France, le mimosa a été introduit par le navigateur Nicolas Baudin. Son navire Le Naturaliste *rentre au Havre en juin 1803, rapportant de Tasmanie de nombreux spécimens de plantes inconnues, dont le mimosa. Il sera planté dans les jardins du château de la Malmaison, où vivait alors Joséphine de Beauharnais.*

Sous le Second Empire, le mimosa se développa sur la Côte d'Azur, dont le climat et l'ensoleillement lui étaient favorables,

Une des caractéristiques du mimosa est de fleurir dès janvier : ses fleurs parfumées sont ces petits pompons soyeux, d'un jaune lumineux, disposés en grappes ramifiés.

Le mimosa a contribué au développement de la parfumerie à Grasse, au XIXe siècle. On tirait de sa fleur une essence propre à modifier des accords floraux à base de rose et de jasmin. L'arbre fut alors planté dans toute la région et dans de nombreuses communes du Var et des Alpes-Maritimes, dont celle de Bormes-les-Mimosas.

ROBERT DESNOS
(1900-1945, France)

LE MIMOSA

Sur la route de Saint-Tropez
Mimosa Monsieur, mimosa Madame
Sur la route de Saint-Tropez,
De Saint-Tropez à La Ciotat,
Cueillez le mimosa,
Cueillez-le pour l'offrir aux dames

MYRTE
(Myrtus communis)

Ce petit arbre qui ne dépasse guère quatre à cinq mètres de haut est une espèce typiquement méditerranéenne qu'on trouve dans les maquis et les garrigues de Provence, en Corse et en Languedoc-Roussillon. Il était souvent planté dans les jardins romains où les jardiniers les taillaient en topiaires, comme le buis ou le cyprès. À en croire Pline, le myrte a été associé aux tout premiers événements de l'histoire romaine. Il était symbole de victoire. Le myrte était consacré à Vénus, divinité protectrice de la cité. En Grèce, il était consacré à Aphrodite.

Le nom français vient du latin myrtus, myrtos *en grec, mot d'origine préhellénique et sans doute orientale.*

Dans la pharmacopée ancienne, le myrte occupait une place importante. Avec ses baies et ses feuilles, on soignait la fièvre, les hémorragies et les ulcères. De ses fruits, on extrayait de l'huile et une sorte de vin agréable au goût. Aujourd'hui, on en fait une liqueur très populaire en Corse et en Sardaigne. Le myrte est aussi employé comme médicament balsamique et comme désinfectant dans certaines préparations pharmaceutiques.

Le myrte est encore l'emblème de la virginité. Il a longtemps été présent, à côté de la fleur d'oranger, dans les cérémonies de mariage.

CLEMENS BRENTANO
(1778-1842, Allemagne)

MYRTE BIEN-AIMÉ, MURMURE…

(extrait)

Myrte bien-aimé, murmure !
Quel calme règne sur le monde !
La lune, ce berger d'étoiles
Aux pâles prairies du ciel,
Déjà guide un troupeau de nues
Vers les sources de la lumière.
Repose, ô mon ami, repose,
Jusqu'à mon proche retour.

Myrte bien-aimé, murmure,
Et rêve sous le feu des astres !
Près de sa couvée endormie
A roucoulé la tourterelle,
Et le calme troupeau des nues
Fuit aux fontaines de lumière.
Repose, ô mon ami, repose,
Jusqu'à mon proche retour.

NÉFLIER
(Mespilus germanica)

Proche parent de l'aubépine, le néflier dépasse rarement cinq à six mètres de haut. Son tronc est noueux et ses rameaux piquants. Il porte des fruits à la forme étrange de toupie surmontée de cornes, des nèfles, dont la pulpe est coriace, mais devient comestible après les premières gelées.

Nos ancêtres en faisaient grand cas, au temps où les fruits que nous connaissons aujourd'hui étaient rares. Chez les Grecs, le néflier était voué à Cronos, le dieu du temps, et chez les Latins à Saturne, dieu agraire protecteur des semailles.

En Vendée et en Anjou, le néflier passait pour protéger les sorciers.

L'aire d'origine de cet arbre s'étend du nord de la Grèce au Caucase. Puis sa culture a gagné l'Italie d'abord, toute l'Europe ensuite. Ce serait Jules César qui aurait introduit le néflier en Gaule.

YVAN GOLL
(1891-1950, France)

J'ai grimpé dans le néflier
Pour suivre ta course
vers la montagne bleue
J'ai vu ta route à travers les
rhododendrons.
Des nuées de perruches blanches
s'élevaient comme une poussière
autour de tes pas
Et lorsque tu passas le dernier col
J'ai vu dans un nuage
Ton ombre retournée vers moi.

NOISETIER
(Corylus)

Répandu dans la plus grande partie de l'Europe, le noisetier pousse également en Afrique du Nord et en Asie Mineure. En France, on le trouve en sous-bois dans les forêts de chênes bien ensoleillées ainsi que dans les clairières et à la lisière des forêts.

Il peut atteindre neuf mètres de haut, mais dépasse rarement quatre à cinq mètres. Il n'a pas une grande durée de vie mais il se régénère de lui-même grâce à ses rejets de souche.

Le mot « noisetier » n'apparaît qu'au XVIe *siècle. Auparavant, on le nommait « coudre » ou « coudrier », du latin classique* corylus.

Le noisetier était connu des hommes de la Préhistoire, pour lesquels les noisettes constituaient une ressource alimentaire pour l'hiver. Chez les Celtes, la noisette était le symbole de la sagesse intérieure. Les druides et les bardes utilisaient des tablettes de noisetier comme « supports d'inspiration ». Le rameau, en forme de fourche, du coudrier servait aux sourciers pour localiser les points d'eau. C'était aussi une sorte de baguette magique qui permettait de découvrir les trésors cachés sous la terre.

WILLIAM WORDSWORTH
(1770-1850, Angleterre)

EN CUEILLANT DES NOISETTES

(extrait)

C'est un de ces beaux jours, un de ces jours lointains
Qui brillent seuls parmi tant de jours indistincts.
Mon cœur d'enfant gonflé par la joie attendue,
Portant une besace à mon dos suspendue
Et dans ma main un croc pour abattre les noix,
Je m'élançai d'un pas alerte vers les bois. (...)
Par-dessus les rochers, à travers maint buisson,
Dans l'enchevêtrement des touffes de fougère,
Je m'ouvris un passage en ma course légère
Jusqu'en un coin charmant oublié des cueilleurs.
La dévastation partout visible ailleurs
N'avait pas laissé là ces branches arrachées
Qui penchent tristement leurs feuilles desséchées.
Le massif était vierge encore, et par milliers
Les noisettes pendaient leur grappe aux coudriers.
Je restai quelque temps debout devant ma proie,
Immobile, le cœur comprimé par la joie.
À loisir, sans hâter l'heureux moment certain,
Sans craindre de rival, j'admirai le festin.
Puis je m'assis au pied de ces branches si belles
Parmi les fleurs du sol et jouant avec elles (...)
J'écoutai chanter l'eau sous l'épaisse ramée :
Instants bénis, où l'âme à peu de frais charmée
Préfère le bien-être au plaisir convoité,

Et sûre du bonheur prodigue sa bonté
À l'air qui passe, à l'arbre, au ruisseau solitaire.
Enfin je me levai ; je tirai vers la terre
Les branches, brisant tout ainsi qu'un forcené ;
Et le massif ombreux, déformé, profané,
Céda patiemment sa calme et douce vie.
Et quand ma passion fut enfin assouvie,
Lorsqu'enfin je quittai les beaux coudriers verts,
Fier, plus riche que tous les rois de l'univers,
Emportant mon trésor dans ma besace pleine,
J'eus comme un sentiment de remords et de peine
Quand je vis dans l'obscur bosquet silencieux
Pénétrer la lumière importune des cieux.

NOYER
(Juglans)

Cet arbre appartient à la famille des Juglandacées. Le tronc trapu du noyer, avec son écorce gris argenté, donne une impression de robustesse. Il se divise en branches noueuses portant des rameaux de plus en plus fins formant une cime arrondie. Il peut atteindre trente mètres de haut et ne dépasse guère l'âge de trois cents ans.

Celui que j'ai planté dans mon verger, voilà bientôt vingt ans, n'a pas encore donné de noix. Je vais devoir attendre quelques années avant qu'il ne fructifie. Heureusement, j'ai eu la chance, en mes années d'adolescence, de pouvoir gauler des noix dans les prés des paysans voisins, quand venait octobre en Mâconnais.

Les feuilles du noyer poussent tardivement au printemps et tombent très tôt à l'automne. L'espèce, à l'état sauvage, s'étend de l'Arménie et du Caucase jusqu'en Chine et au Japon. Le nom de l'arbre vient de son fruit, la noix, nux *en latin. Grecs et Romains extrayaient l'huile de la noix, mais lui préféraient l'huile d'olive.*

Curieusement, le noyer a, depuis l'Antiquité, mauvaise réputation. On l'accuse de provoquer des maux de tête. Dans nos campagnes, on déconseillait de séjourner, et encore plus de s'endormir, à l'ombre d'un noyer. Il est vrai que les racines du noyer contiennent une substance toxique, y compris pour les arbres alentour. C'est pourquoi le noyer pousse presque toujours isolé.

La noix, en revanche, est signe d'abondance. Chez les Anciens, elle était liée à la génération et au mariage. Vers le milieu du XIX*e siècle, dans le Tarn, l'assistance faisait pleuvoir une grêle de noix sur les époux agenouillés au pied de l'autel.*

CLAUDE ROY
(1915-1997, France)

MON AMI LE NOYER

(extrait)

À même la terre à même la vie le grand arbre
avec une tranquillité tacite de vieux sage
prend ce qui lui est donné chaque jour.

Il accueille la grêle sa mitraille glacée
ou bien l'averse douce avec ses doigts légers
ou les pluies d'équinoxe qui défilent sans trêve.

Il reçoit le soleil en sourdine d'avril
le feu de joie central qui incendie l'été
et ses rayons en gloire entre les nuages longs.

L'arbre écoute les paroles sans relâche du vent
les mots murmurés haletants coléreux
et le très faible souffle respiration du temps.

Mon ami le noyer un vivant qui sait vivre.

OLIVIER
(Oléa europaea)

Originaire du Proche-Orient, l'olivier est l'un des plus résistants de tous les arbres, et sa longévité dépasse largement celle du chêne. Deux oliviers millénaires existent encore dans tout le basse méditerranéen et dans ces îles : Crète, Sicile, Sardaigne, Corse. Le premier olivier fut planté par la déesse Pallas sur l'Acropole. Il était vénéré des Athéniens.

Au Ier siècle de notre ère, à Olympie, on célébrait des cérémonies religieuses devant l'olivier. Mais il s'agissait d'un olivier sauvage ou oléastre (du latin oleaster*) dont les petits fruits donnaient peu d'huile. Cet olivier sauvage introduit par Héraclès dactyle originaire de Crète, semble indiquer qu'il provient de cette île, où j'ai vu d'amples vallées intérieures et côtières plantées d'oliviers.*

Elles sont tapissées de millions d'arbres, qui sont l'or vert de la Crète. Certains, comme celui que j'ai vu à Kavoussi, est sûrement l'un des plus vieux du monde : il aurait trois mille deux cinquante ans. Avec ses cinq mètres de diamètre et les quatorze mètres de son périmètre, il est impressionnant. Son tronc mesure sept mètres de haut. L'arbre est contemporain du Minoen récent, entre 1300 et 1100 av. J.-C., et donne encore des olives.

La culture de l'olivier a commencé en Asie Mineure, d'où elle fut répandue par les Phéniciens dans le bassin méditerranéen. Les Romains propagèrent cette culture partout où ils s'établirent, mais en Narbonnaise, l'ancienne Provence, l'olivier était là bien avant eux, apporté par les Phéniciens venus d'Ionie qui enseignèrent sa culture aux gens de Massilia, la future Marseille, où ma grand-mère faisait une merveilleuse cuisine à l'huile d'olive dont elle m'enseigna les rudiments.

Les oliviers de mon enfance derrière la maison de Saint-Henry, je les ai retrouvés tout au long de mes voyages, comme s'ils devaient me rappeler, pour peu que je l'eusse oubliée, mon appartenance à cette Méditerranée au bord de laquelle j'ai vu le jour. À Menton, au XIXe siècle, l'olivier était l'arbre véritablement indigène et, contrairement aux autres oliviers de Provence, celui-là était de grande taille. Il fleurissait en avril. Les olives mûrissaient en automne et en décembre. La cueillette commençait en janvier. En 1850, quarante tonnes d'olives étaient traitées. Aujourd'hui, les oliviers sont encore nombreux à Menton, même s'ils ne font plus l'objet d'une véritable exploitation commerciale.

À Jérusalem, les oliviers de la colline de Gethsémani pourraient bien avoir été les témoins de la présence du Christ. En Sicile, en Grèce, en Crète ou en Palestine, certains arbres dépassent le millénaire.

Si les oliviers de Gethsémani ne sont pas tous les plants originels, ils en sont au moins les surgeons ou les rejetons, au sens botanique du terme, car l'olivier, si on le coupe ou s'il meurt, repart presque toujours de la souche.

Voilà ce dont je voulais me convaincre en traversant les ombres bleues de ces arbres vénérables poussés dans le jardin des Oliviers, là où Jésus reçut le baiser de Judas menant à son arrestation. Je me laissai envahir, ce jour-là, par une émotion sacrée.

J'aime voir l'olivier partout où il pousse, en Provence bien sûr, en Espagne, au Maghreb, mais aussi dans la Pouille

– l'Apulie des Romains – en Italie du Sud. J'y fis étape, un jour, entre Bari et Fasano, dans une masseria, *ancienne ferme fortifiée afin de résister, au cours des siècles passés, aux assauts des Francs et des Lombards par la terre, et à ceux des Sarrasins venus de la mer.*

Du haut de la tour de guet qui flanque toute masseria, *le regard découvre alentour une opulente oliveraie qui descend en pente douce jusqu'à l'Adriatique. Ses arbres, tous pluriséculaires, rayonnaient d'une vibrante sérénité dont je me sentis gagné. Plus tard, je marchai en direction de la mer, sous l'ombreuse majesté de ces arbres. Leurs troncs à la musculature titanesque me semblaient avoir assez de force pour étouffer le temps de leurs nodosités afin de mieux sculpter une absence de temps.*

EMMANUEL SIGNORET
(1872-1900, France)

LES OLIVIERS

L'aile en fureur, l'hiver sur les monts vole et vente ;
Du sang glacé des fleurs se paissent les janviers :
Votre pleine verdure étincelle vivante,
Vous, oliviers que j'aime, oliviers, oliviers !

Votre être fortuné, c'est Pallas qui l'enfante ;
Sa mamelle est d'argent, jadis vous y buviez ;
Vos fruits broyés trempaient de flamme et d'épouvante
Les muscles des lutteurs par les dieux enviés.

Les siècles garderont ma voix, et d'âge en âge
Mon front resplendira sous un triple feuillage ;
Car à mes beaux lauriers, à mes myrtes nouveaux,

Vous dont le sang nourrit un peuple ardent de lampes,
Sacrés oliviers d'or, vous joignez vos rameaux
Pour courber la couronne immortelle à mes tempes.

GABRIELE D'ANNUNZIO
(1863-1938, Italie)

AUX OLIVIERS

Oliviers, arbres sacrés, ô vous qui dans la terrible ardeur méridienne, attentifs, écoutez la mer, ô vous qui écoutez son verbe mystérieux dans la splendeur des firmaments,
Oliviers, arbres sacrés, entendez la prière de l'homme. Ô vous, *palladia munera*, ô vous, plus sacrés que la vigne,
Plus sacrés que la moisson, arbres insignes, versez la paix dont vous rayonnez, votre paix glorieuse, versez-la bénignement dans mon cœur,
Oliviers, arbres sacrés, ô vous sereine guirlande des collines, vous qui, dans l'azur immense, êtes graves d'une telle majesté que je songe à l'antique Pallas Athéna.

NICOLA MOSCARDELLI
(1894-1943, Italie)

LES OLIVIERS

L'olivier a un feuillage d'argent :
son tronc donne la lumière aux vallées,
son fruit donne la clarté aux veillées ;
rien qu'à les voir, ses rameaux
nourrissent l'âme de pures pensées,
comme de son suc l'olive nourrit le corps.
Fils du matin et du soir,
ils joignent l'aube au couchant
avec le crépuscule de leurs cimes.

À leur tronc le Christ s'est appuyé,
et sur leurs feuilles est restée la pâleur
de ce regard immortel :
c'est pourquoi elles ne vieillissent jamais,
jamais elles ne s'assombrissent :
pour toujours l'espérance les colore,
et rend leur substance éternelle.
Heureuse la vallée qui entend leur bruissement,
heureuse la glèbe sur laquelle leur rameau fleurit ;
l'ombre qu'il répand est si pure,
que dans le sol le plus pauvre et le plus dur
elle révèle les trésors du ciel.

La colombe est sœur de l'olivier :
au cou et aux ailes elle porte sa couleur ;

quand elle prend l'essor,
elle est silencieuse et changeante
comme son frère caressé par le vent,
Lorsque décline le soleil,
les colombes répandent le crépuscule
de colline en colline,
pendant que les oliviers immobiles sur les côteaux
tremblent à peine au premier voile d'ombre
qui se pose sur les cimes ;
on dirait qu'ensemble ils baissent leurs paupières
pour mieux voir les étoiles
qui une à une émergent des montagnes.

ORANGER
(Citrus sinensis)

Originaire d'Asie du Sud-Est – Inde, Vietnam ou sud de la Chine –, l'oranger est un arbuste pouvant atteindre dix mètres de haut.

Son fruit est appelé « orange douce » pour le distinguer de l'orange amère, fruit du bigaradier dont les fleurs sont utilisées dans la production de l'eau de fleur d'oranger.

L'oranger fut sans doute introduit en Europe par les Arabes au XVe siècle. Il a d'abord été cultivé au Portugal puis en Espagne, à Valence et à Murcie notamment. Dans la tradition culturelle méditerranéenne, le fruit défendu de la Bible n'est pas une pomme mais une orange. Celle-ci évoque également la cérémonie du mariage : il était d'usage, en cette circonstance, d'offrir des oranges en souvenir des pommes d'or du jardin des Hespérides, données par les Grâces à Junon lors de ses noces avec Jupiter. Les Hespérides étaient trois déesses gardiennes des fameuses pommes d'or, gages de vie éternelle. La tradition latine situe ce jardin près de Lexus, qui était, selon Pline l'Ancien, une des plus vieilles cités d'Afrique du Nord.

Je suis allé à Lexus, petite ville du Maroc près de Tanger. Avec son acropole et son temple daté du Ier siècle av. J.-C., elle est en passe d'être classée au patrimoine mondial de l'Unesco. Il m'a plu de reconnaître, dans un champ d'orangers, le jardin des Hespérides et ses pommes d'or dont Hercule devait s'emparer pour sa onzième épreuve, et les rapporter à Mycènes au roi Eurysthée, ce qu'il fit avant d'accomplir son douzième et dernier travail : ramener le chien Cerbère des Enfers.

JEAN DE LA FONTAINE
(1621-1695, France)

ÉLOGE DE L'ORANGER

Sommes-nous, dit-il, en Provence ?
Quel amour d'arbres toujours verts
Triomphe ici de l'inclémence
Des aquilons et des hivers ?

Jasmin dont un air doux s'exhale,
Fleurs que les vents n'ont pu ternir,
Aminte en blancheur vous égale,
Et vous m'en faites souvenir

Orangers, arbres que j'adore
Que vos parfums me semblent doux !
Est-il dans l'empire de Flore
Rien d'agréable comme vous ?

Vos fruits aux écorces solides
Sont un véritable trésor ;
Et le jardin des Hespérides
N'avait point d'autres pommes d'or.

Lorsque votre automne s'avance,
On voit encore votre printemps ;
L'espoir avec la jouissance
Logent chez vous en même temps.

Vos fleurs ont embaumé tout l'air que je respire :
Toujours un aimable zéphyre
Autour de vous se va jouant.
Vous êtes nains ; mais tel arbre géant,
Qui déclare au soleil la guerre,
Ne vous vaut pas,
Bien qu'il couvre un arpent de terre
Avec ses bras.

ORME
(Ulmus)

L'usage de planter des ormes sur les promenades des villes date du règne de François Ier. Ces promenades étaient appelées « mails », parce qu'on y jouait jadis au mail avec des maillets et des boules de bois, à la façon du croquet. Encouragé par Sully, Henri IV voulait border d'ormes toutes les routes du royaume. Les très vieux spécimens que l'on trouve en France remontent à cette époque. Ils ont donc plus de quatre cents ans.

L'orme est un bel arbre au fût imposant et dont la ramure forme une large cime en éventail. Il peut atteindre trente à quarante mètres de haut, quelquefois plus, avec un tour de deux à trois mètres. Il en existe plusieurs espèces : l'orme champêtre ou orme rouge, l'orme à feuilles de charme, l'orme blanc qui vit surtout en montagne. L'orme champêtre est répandu dans la plus grande partie de l'Europe.

Dans l'Antiquité, l'espèce était considérée comme vulnéraire. Mais, pour les Grecs et les Romains, l'orme était « l'arbre d'Oneiros », fils de la nuit et dieu des songes et de Morphée, dieu du sommeil et des rêves, fils d'Hypnos, le sommeil, et de son frère. Thanatos, la mort. Sommeil, rêve et mort sont donc étroitement liés à l'image de l'orme. En France, au Moyen Âge, l'orme était un « arbre de justice ».

Dans la pharmacopée traditionnelle, l'orme a joué un rôle important depuis l'Antiquité. Il cicatrisait les blessures et soignait brûlures, plaies et abcès.

À partir de 1925, les ormes champêtres ont été décimés par un champignon microscopique qui obturait les vaisseaux de l'arbre. On a vu ainsi disparaître, en Europe de l'Ouest et en Amérique du Nord, des millions d'ormes.

GUY-CHARLES CROS
(1879-1956, France)

ARBRES

Deux ormes mêlent leurs ramures
sur un ciel vaste de pastel
qui est bleu du côté de l'ombre,
rose du côté du soleil,

Ils se parlent à longs murmures,
calmes dans le soir qui descend
et, pensif, je prête l'oreille
au végétal chuchotement.

Quels reproches se font ces arbres
qui se touchent depuis toujours ?
Quels secrets, nonchalants ou graves,
rapprochent leurs feuillages lourds ?

Se remémorent-ils, complices,
des joies dont l'homme ne sait rien,
ou se consolent-ils ensemble
d'un temps dont nul ne se souvient ?

Pleurent-ils leur jeunesse ancienne,
ou bien, crispés, redoublent-ils
l'affreux combat perpétuel,
sous le gazon, de leurs racines ?

Président-ils dans leur langage
les calamités du futur ?
Ou s'endorment-ils, las et sages,
dans un rêve immense d'azur ?

PALMIER
(Arecaceae)

Parmi les arbres exotiques, le palmier, présent un peu partout dans le monde, est un arbre dont la symbolique multiple est associée aux grandes civilisations. Cet arbre, qui peut atteindre trente mètres de haut et vivre cent ans, est en réalité une plante monocotylédone dont il existe plus de deux mille cinq cents espèces, depuis le palmier dattier cultivé dans les oasis sahariennes jusqu'à l'aréquier qui pousse en Asie du Sud-Est et à Cuba.

Le palmier dattier était l'arbre sacré des Assyro-Babyloniens. J'en ai vu de nombreux bouquets sur le site de Babylone, en Irak, autour de l'emplacement où s'élevait la ziggourat baptisée « tour de Babel ».

Le palmier avait aussi un caractère sacré chez les Égyptiens. Ainsi, le dieu Thôt était-il représenté par un palmier doum, race naine des régions côtières de la Méditerranée dont on tire le crin végétal. Il était aussi un des attributs de la déesse Isis.

Dans la Bible, il est un symbole du juste et les palmes des rameaux font référence à l'entrée du Christ dans Jérusalem, peu avant la crucifixion.

Autre symbolique du palmier : celle qui donne leur forme aux colonnes égyptiennes ou arbres de vie, une vie infusée par les colonnes à l'édifice qu'elles soutiennent avec leur base et leur chapiteau. La base correspond à l'enracinement, le fût au tronc et le chapiteau aux feuilles ou palmes.

À Cuba, dans la superbe vallée de Viñales, là où est cultivé le meilleur tabac du monde, on trouve une espèce de palmier endémique de cette région, le palmier à liège, qui est un véritable fossile vivant. Il a résisté aux grands cataclysmes géologiques qui se sont succédé depuis le carbonifère.

Palmiers des bords du Nil, palmiers des franges de l'Atlas, des grèves caraïbes, palmiers d'Andalousie et de Kuala Lumpur, palmiers de Cisjordanie, de Singapour et de Cyrénaïque, votre forêt de colonnes forme un temple infini, un accomplissement que traduisent vos grandes ailes victorieuses.

LECONTE DE LISLE
(1818-1894, France)

LE PALMIER

Svelte palmier
Arbre léger
Dont, verte branche
En éventail
Au frais travail,
Longue s'épanche,
Quand le Soleil
Jaunit du ciel
La draperie
Pure, arrondie,
Qui dans le loin
Lasse la vue
D'une étendue
Bleu et sans fin ;
Oriental,
Original,
Féérique même !
Si moelleux,
Si gracieux !
Que vent caresse
Tel qu'un soupir
De doux loisir…
De gentillesse
Et de fierté,
Libre, aéré

Ton front s'élance
Et se balance
Avec plaisir
Et noble grâce
Pour rafraîchir
Celui qui passe ;
Et puis encor
Comme un point d'or,
Comme un prestige
Qui luit, voltige,
Illusion
Et fiction !
L'aile enflammée
Et contractée
Du cardinal
Rouge spiral
Semble au feuillage
Un peu volage !

PAMPLEMOUSSIER
(Citrus maxima)

Originaire d'Asie du Sud-Est où il est connu depuis plus de quatre mille ans, cet arbre, qui peut atteindre huit mètres de haut, a été apporté dans l'île de la Barbade au XVIIe siècle par un capitaine anglais.

Je me souviens avoir dégusté un vieux rhum sous un pamplemoussier, dans le jardin de l'hôtel où je résidais, à Bridgetown.

Il en existe de nombreuses variétés. Son fruit est un agrume que les botanistes ont nommé « pamplemousse ». Dans le langage courant, on l'appelle ainsi « pomélo ». Ce fruit peut atteindre trente centimètres de diamètre et peser jusqu'à huit kilos, ce qui fait de lui le plus volumineux des agrumes.

La culture du pamplemoussier est comparable à celle du citronnier. Dans les conditions optimales, l'arbre donne des fleurs quatre fois par an, et son fruit est cueilli en quatre récoltes.

Il est cultivé aussi bien dans le sud de l'Espagne que dans les régions subtropicales et tropicales. Les principaux exportateurs mondiaux sont la Thaïlande et la Malaisie, mais la Chine, le Japon et le Vietnam en produisent également.

DANIEL BIGA
(né en 1940, France)

AGRUME

en un coin perdu de la ville
quatre murs et grilles enferment
un pamplemoussier exubérant de fruits
que personne il ne semble n'apprécie

dans l'étroite cour du miracle continu
les fruits tombent roulent s'entassent
au sol où nul ne les ramasse

« je me demande – dis-tu – si les gens qui habitent ici
ont seulement conscience de la valeur de cet arbre »
(non sans doute non)

c'est certes dommage et une petite honte pour ceux-là
d'ignorer le goût suave sucré acidulé
de ces beaux pamplemousses d'or jaune

mais au-delà de cette ignorance humaine qu'importe
qu'importe !
hiver après automne an après an
l'agrume fait son travail : il fructifie

PAULOWNIA
(Paulownia tomentosa)

*Originaire de Chine et de Corée, cet arbre d'ornement est surnommé « arbre impérial ». De croissance rapide, il peut atteindre dix à vingt mètres de haut. Arbre à feuilles caduques, il fut d'abord introduit en Europe via le Japon dans la première moitié du XIX*e *siècle, puis en Amérique du Nord par les immigrants chinois qui étaient partis pour la Californie au moment de la ruée vers l'or.*

*Il tient son nom d'Anna Paulownia, fille du tsar Paul I*er *de Russie et princesse des Pays-Bas. Les naturalistes bavarois Philipp Franz von Siebold (1796-1866) et Joseph Gerhard Zuccarini (1797-1848) furent les premiers à nommer cet arbre et à le décrire. Connu depuis des millénaires en Chine, il est considéré là-bas comme l'« arbre à tout faire ». Selon la tradition chinoise, le paulownia est associé au phénix et à l'impératrice, qu'il symbolise depuis la dynastie Yuan (1271-1368).*

Dans certaines régions de Chine, on plantait un paulownia à la naissance d'une fille, et lorsque celle-ci se mariait, l'arbre, qui avait grandi avec elle, était abattu et le bois lui servait de dot.

Au Japon, l'ordre du Soleil levant, fondé par l'empereur Meiji en 1875, est décoré de feuilles de paulownia. Il arrive que l'on confonde, comme arbre d'ornement, le paulownia avec le catalpa, qui lui ressemble mais appartient à une autre famille, celle des Bignoniacées.

Près de mille Paulownias ont été plantés dans Paris !

PATRICE DELBOURG
(1949, France)

FANTASIA DU PAULOWNIA

Il n'aurait jamais dû quitter son paulownia
Qu'il ne faut surtout pas confondre avec le catalpa
Fière sentinelle violacée,
Place Fürstenberg en gala
Canopée caduque en l'honneur
de la reine des Pays-Bas

Sous sa voûte feutrée il lisait ici
Desnos, Allais, Pessoa, Hardellet
Cortazar, Pavese mais aussi Obaldia.
Le rameau chinois supportait bien
La pollution et le fracas
même quand le badaud oubliait
l'élégance de se parler bas.

Son dernier atelier, Eugène Delacroix
le planta là et Jean Anouilh
sous sa frondaison souvent grinça.
Un lampadaire à cinq globes
tamise aujourd'hui ce tralala
le piéton titube devant tant de duveteux appas

PEUPLIER
(Populus)

En France, les premiers peupliers ont été plantés en 1749, le long du canal de Briare. Comme ils venaient d'Italie, on les nomma « peupliers d'Italie ». Dans ce pays, on les cultivait en Lombardie, mais l'espèce, à l'état sauvage, venait d'Iran ou d'Afghanistan.

Quant aux arbres qui forment des peupleraies de rapport, ils sont issus de croisements entre le peuplier noir européen et des espèces nord-américaines. Les Grecs distinguaient les peupliers blancs des peupliers noirs. Le peuplier blanc, ainsi nommé parce que la face inférieure de ses feuilles est d'un grand blanc argenté, est un arbre de croissance très rapide qui peut monter jusqu'à quarante mètres et vivre deux ou trois cents ans.

J'en ai planté une ligne dans mon pré il y a vingt ans : ils mesurent aujourd'hui une quinzaine de mètres de haut.

Le peuplier noir, avec son écorce gris noirâtre, est d'origine plus méridionale et orientale. Il a remonté les cours d'eau européens et a gagné l'Amérique du Nord.

J'en ai vu de magnifiques dans le parc royal de l'île de Djurgarden, une des quatorze îles qui constituent la ville de Stockholm. Celle-ci, d'une superficie de deux cent quatre-vingts hectares, abrite nombre de ces peupliers noirs, souvent isolés dans la végétation environnante. Ils montent jusqu'à vingt ou trente mètres de haut et sont là depuis au moins deux cents ans. Leurs troncs, d'un beau gris sombre avec leur écorce grumeleuse, m'ont fait songer aux colonnes doriques, avec leurs cannelures, des temples d'Agrigente en Sicile.

Les célèbres allumettes suédoises ou « allumettes de sûreté », dont la fabrication date de 1844, étaient faites du bois des peupliers noirs.

Le feuillage du peuplier blanc figurait la vie dans la mort. Devant le tombeau du Zeus crétois poussait un peuplier blanc, symbole de résurrection d'une divinité de la végétation. En sans inverse, le peuplier noir marquait sur terre l'entrée des Enfers. Comme le peuplier blanc, le noir était né d'une métamorphose décrite par Ovide.

Depuis l'Antiquité, on a utilisé les propriétés des bourgeons des peupliers pour éliminer l'acide urique. On s'en servait en onguent comme décongestionnant et cicatrisant. Les bourgeons du peuplier noir produisent une sorte de gomme récoltée par les abeilles pour boucher les fissures de leurs ruches.

MARCELINE DESBORDES-VALMORE
(1786-1859, France)

LES DEUX PEUPLIERS

Sous les mêmes zéphyrs, sous les mêmes orages.
Beaux arbres, vous ouvrez, vous répandez vos fleurs.
Attirés vers le ciel, vos pudiques ombrages
Voilent votre amitié sous les mêmes couleurs.
L'hiver aux longs instants, le frimas vous protège ;
Il épure vos jours par d'utiles rigueurs.
Enveloppés tous deux sous un manteau de neige,
La sève qui vous joint se retire à vos cœurs.
Vos rameaux frémissants ne forment qu'un murmure ;
Mariés dans la terre, en vos nœuds adorés
Vous vivez l'un par l'autre ; et sous la même armure,
Un jour, si l'on vous frappe, ensemble vous mourrez !

Et moi, j'aurais voulu… Mais toujours impossibles,
Nous jetons vers le ciel des vœux qu'il n'entend pas :
Le ciel nous a formés mobiles et sensibles,
Et le sol le plus doux n'enchaîne point nos pas.

JEAN-VINCENT VERDONNET
(1923-2013, France)

Les houppes rétives
de quelques peupliers
luisent à la corne du bois
et la gelée blanche
sur le pré en pente

Errant
un air d'harmonica
donne le branle de la danse
aux fantômes limpides de l'air
à l'extrême vœu des branches

il n'est que de passage
il laisse à l'ombre un goût de sang
pendant qu'aux ornières s'attarde
le poids des jours
sur l'échine maigre du vent

ANNE-LAURE CARTIER DE LUCA
(contemporaine, France)

L'ENFANT ET LES PEUPLIERS

Immenses sagaies de jade
Plantées dans la chair bleue
Du ciel brûlant de plein été
Et flammes vertes
Sur le brasier du couchant

Ils étaient trois
Leur feuillage ébouriffé
Par le vent d'automne
Et chantant avec lui
Leur silhouette oscillant
Au gré de son ample souffle.

L'enfant les contemplait
Émerveillé
Ces fiers compagnons
Berçaient ses rêves

Ils étaient trois
Puis, un jour, ils ne furent plus rien
Juste un amas de tronçons
Corps sectionnés, membres amputés

Alors, au fond du gouffre
Que masquaient autrefois

Leurs imposantes racines
Sauta aux yeux de l'enfant
Le spectacle effarant
De la brutalité du monde.

JEAN-CLAUDE PIROTTE
(1939-2014, Belgique)

les rangs de peupliers
témoignent de l'enfance
ils ont connu la pluie
l'hiver les longs silences

et le vent de la mer
obstiné qui les penche
vers les toits écrasés
sous les flots de nuages

ils ont la compagnie
des ramiers et des freux
qui colportent pour eux
les airs du souvenir

CHARLES LE GOFFIC
(1863-1932, France)

LES PEUPLIERS

Le soir a tendu de sa brume
Les peupliers de Keranroux.
La première étoile s'allume ;
Viens-t'en voir les peupliers roux.

Fouettés des vents, battus des grêles,
Et toujours sveltes cependant,
Ils lèvent leurs colonnes grêles
Sur le fond gris de l'occident.

Et dans ces brumes vespérales
Les longs et minces peupliers
Font penser à des cathédrales
Qui n'auraient plus que leurs piliers.

PIN
(Pinus)

Le pin m'accompagne depuis longtemps. Des collines de Provence où j'ai passé mon enfance à la forêt des Landes où nous allions en vacances, du parc familial en Beaujolais jusqu'à mon domaine actuel en lisière de la forêt de Rambouillet, ce grand conifère jalonne mon parcours. Autour de ma thébaïde j'en ai planté des dizaines, année après année : pin sylvestre, pin parasol, pin d'Autriche, pin maritime. J'aime à en récolter les fruits, ces cônes d'écailles ligneuses dont la résine embaume la maison.

À l'automne, je guettais l'instant où la pomme de pin, longtemps serrée sur elle-même en signe de pudeur, s'ouvrirait aux élans féconds. L'obus vert et compact s'allégeait en pagode où les rangées d'écailles avaient choisi de supporter leur poids d'azur. Gonflées de vie, ces écailles que la Terre et le Ciel acceptaient jadis pour symbole n'auraient jamais consenti à voir leur brun pâle couvert de cette laque, cet or, ce vermillon qui ornent les étages des vrais temples.

De la base au sommet du cône, les gousses ligneuses s'ancraient selon le même motif qu'on lit sur la peau des poissons. Pour cela, je préférais mes fruits résineux aux tours polychromes gravies en Chine et au Japon. Il me plaisait de voir dans ces rangées de gousses – j'en comptais treize quelquefois – les cieux superposés où les futurs bouddhas attendent le moment de leur apparition sur terre. J'avais recomposé d'une pomme de pin la trame distendue de mes anciennes vies.

J'ai rencontré cet arbre tout autour de la Méditerranée, mais aussi en Asie Mineure. Parmi les plus belles forêts peuplées de pins qu'il m'a été donné de voir, il y a celle du massif du Troodos, dans l'île de Chypre.

Les deux espèces les plus répandues y sont le pin d'Alep et le pin noir. Certains atteignent trois cents ans avec un tronc de plus d'un mètre de diamètre. Pour l'anecdote : au printemps de l'année 1880, Arthur Rimbaud se trouve à Chypre, où il a été embauché comme surveillant d'une équipe chargée de construire, dans le massif du Troodos, la résidence d'été du gouverneur britannique. Le 23 mai 1880, Rimbaud écrit à sa famille pour demander l'envoi de deux livres : un album de sciences forestières et agricoles en anglais, ainsi que le livre de poche du charpentier. Il quittera Chypre deux mois plus tard, chassé par le froid.

Dans un autre esprit, je ne puis oublier l'alignement des pins parasols sur la via Appia Antica, au sortir de Rome : ces arbres s'élèvent en majesté, sentinelles pluriséculaires de la « reine des routes » commencée en 312 av. J.-C. Afin de relier Rome à Capoue d'abord, puis à Brindisi, « porte de l'Orient », distante de cinq cent trente kilomètres. Là, une haute colonne de marbre dominant le port marque, aujourd'hui encore, la fin de cette grande voie au tracé presque rectiligne, témoin du génie bâtisseur des Romains.

À propos des Romains, certains auteurs latins comme Pline se demandaient si les pins fleurissaient. Pourtant, l'ouverture, en avril-mai, des chatons mâles provoque une abondante production de pollen qui recouvre tout, alentour, d'une fine pellicule jaune.

Les Grecs considéraient le pin comme l'arbre favori de Rhéa, la déesse Terre, épouse de Cronos, le Temps, et mère de

Poséidon, dieu des eaux, d'Hadès, prince des Enfers et de Zeus lui-même.

Parmi les espèces de pin, il en est une très impressionnante par sa taille : le pin Douglas. Je l'ai rencontré dans la grande forêt pluviale qui bruisse aux portes de Vancouver, en Colombie-Britannique, au Canada. Arbre à croissance rapide, il peut monter jusqu'à quatre-vingts mètres de hauteur et vivre entre trois et cinq cents ans. Les géants ligneux que j'ai vus dans le parc de Capilano étaient déjà là quand James Cook, lors de son dernier tour du monde, pénétra le 30 mars 1778 dans la baie de Nootka sur la rive ouest de ce qu'on appellera plus tard l'île de Vancouver.

PIERRE DE RONSARD
(1524-1585, France)

SONNET POUR HÉLÈNE

II, 8

Je plante en ta faveur cet arbre de Cybèle,
Ce pin, où tes honneurs se liront tous les jours :
J'ai gravé sur le tronc nos noms et nos amours,
Qui croîtront à l'*envi* de l'écorce nouvelle.

Faunes qui habitez ma terre paternelle,
Qui menez sur le Loir vos danses et vos tours,
Favorisez la plante et lui donnez secours,
Que l'été ne la brûle et l'hiver ne la gèle.

Pasteur, qui conduiras en ce lieu ton troupeau,
Flageolant une églogue en ton tuyau d'*aveine*,
Attache tous les ans à cet arbre un *tableau*,

Qui témoigne aux passants mes amours et ma peine ;
Puis, l'arrosant de lait et du sang d'un agneau,
Dis : « Ce pin est sacré, c'est la plante d'Hélène. »

PAI CHU YI
(772-846, Chine)

EN PLANTANT UN PIN

J'aime ce pin d'un pied à peine,
Replanté de mes propres mains.
Il garde encore le vert que reflétait le ruisseau,
Il est encore voilé de la brume humide de la montagne.
Je l'ai replanté au soir de mon âge,
Il mettra longtemps à grandir,
Pourquoi passé quarante ans,
Planter un arbrisseau de quelques pouces ?
Pourrai-je voir ses ombrages ?
Vivre soixante-dix ans est bien rare.

J'aime votre ténacité devant l'hiver,
Et j'aime votre droiture.
Pour vous voir chaque jour,
Je vous ai planté devant mes marches.
Si la mort ne vous en empêche,
Je sais que vous atteindrez les nuages.

JEAN SUBERVILLE
(1887-1953, France)

LA GLOIRE DES PINS

Soyez bénis, ô pins déployés en bordure
des flots qui vont boulant de Bayonne à Soulac,
et prolongez ainsi sur le sable armagnac
les vagues de la mer en vagues de verdure.

Votre masse vert sombre où dorment les étangs
barre les horizons et limite le rêve ;
mais vous ralentissez le cours des heures brèves
et, restreignant l'espace, élargissez le temps,

Dans votre asile clos les jours sont longs à vivre,
pleins de votre silence et de votre grandeur ;
et vous celez en vous de changeantes splendeurs
qui tempèrent notre être autant qu'elles l'enivrent.

Sur la dune et la lande implantés et rangés,
vos inflexibles fûts montent en droite ligne,
portant si haut leur faix d'aiguilles et de pignes
que sous votre ombre même habite un jour léger.

Vous êtes, ô forêt, tellement ajourée
qu'au loin, sous votre toit mobile de rameaux,
l'œil voit entre les pins blanchoyer des hameaux,
et que des golfes bleus luisent à votre orée.

THÉOPHILE GAUTIER
(1811-1872, France)

LE PIN DES LANDES

On ne voit, en passant par les Landes désertes,
Vrai Sahara français, poudré de sable blanc,
Surgir de l'herbe sèche et des flaques d'eaux vertes
D'autre arbre que le pin avec sa plaie au flanc ;

Car pour lui dérober ses larmes de résine,
L'homme, avare bourreau de la création,
Qui ne vit qu'aux dépens de ceux qu'il assassine,
Dans son tronc douloureux ouvre un large sillon !

Sans regretter son sang qui coule goutte à goutte,
Le pin verse son baume et sa sève qui bout,
Et se tient toujours droit sur le bord de la route,
Comme un soldat blessé qui veut pourrir debout,

Le poète est ainsi dans les Landes du monde ;
Lorsqu'il est sans blessure, il garde son trésor.
Il faut qu'il ait au cœur une entaille profonde
Pour épancher ses vers, divines larmes d'or !

PLATANE
(Platanus)

J'ai fait allusion dans ma préface aux platanes de mon enfance : ils ombrageaient la place qu'il me fallait traverser pour aller à l'école communale de Saint-Henry près de Marseille. Depuis l'Antiquité, le platane est l'arbre des promenades et des places publiques auxquelles il prodigue son ombre.

Il comprend une dizaine d'espèces. Son tronc peut atteindre entre dix et quatorze mètres de tour et monter jusqu'à cinquante mètres de haut.

Venu d'Asie, le platane s'est peu à peu répandu dans toute l'Europe. Les Grecs, puis les Romains, appréciaient beaucoup cet arbre qu'ils contribuèrent à répandre en Occident. Le mot vient du grec platanos *: il évoque la paume ou plat de la main. On le nomme ainsi « plane » dans certaines régions de France. Le platane était vénéré en Crète, comme appartenant à la terre mère, parce que les cinq lobes de sa feuille représentent les cinq doigts de la main ouverts en un geste de bénédiction de la déesse. De Crète, le platane passa dans le Péloponnèse. À Athènes, les poètes et philosophes conversaient sous les platanes de l'Académie fondée en 387 av. J.-C. par Platon.*

*Aujourd'hui, dans Paris, on peut voir de magnifiques platanes, généralement plantés au XIX*e *siècle (entre 1814 et 1840), dans le square des Batignolles et au parc Monceau. Ce sont des platanes d'Orient qui mesurent entre trente et quarante mètres de haut pour six à sept mètres de tour.*

Il en est un autre, très impressionnant, dans le parc de l'hôtel Matignon. Dans ce parc de trois hectares, la tradition veut que chaque nouveau Premier ministre plante un arbre pendant son séjour. Ont été ainsi plantés, au cours des dernières décennies, plusieurs espèces de chênes, un érable argenté, un tulipier de Virginie, deux magnolias, un cornouiller des pagodes, un ginkgo biloba. L'ancien Premier ministre Édouard Philippe a choisi, lui, un pommier.

De mes fenêtres, j'aperçois le haut de la frondaison du platane de Matignon : il dépasse la ligne des toits alentour. C'est ainsi que, depuis l'enfance, de Marseille à Paris, les platanes me tiennent compagnie.

PAUL VALÉRY
(1871-1945, France)

AU PLATANE

(extrait)

À André Fontainas

Tu penches, grand platane, et te proposes nu,
Blanc comme un jeune Scythe,
Mais ta candeur est prise, et ton pied retenu
Par la force du site.

Ombre retentissante en qui le même azur
Qui t'emporte, s'apaise,
La noire mère astreint ce pied natal et pur
À qui la fange pèse,

De ton front voyageur les vents ne veulent pas ;
La terre tendre et sombre,
Ô Platane, jamais ne laissera d'un pas
S'émerveiller ton ombre !

Ce front n'aura d'accès qu'aux degrés lumineux
Où la sève l'exalte ;
Tu peux grandir, candeur, mais non rompre les nœuds
De l'éternelle halte !

POIRIER
(Pyrus communis)

De tous nos arbres fruitiers, le poirier est celui qui vit le plus longtemps : deux cents à deux cent cinquante ans, parfois plus. Il peut atteindre vingt mètres de haut avec cinq mètres de circonférence. Contrairement au pommier, le poirier n'est pas une essence européenne. L'aire primitive de l'espèce vient d'Asie : Chine, Japon, Corée.

Le fruit de l'arbre sauvage ressemble à une pommette marron très dure, astringente et sans intérêt gustatif. C'est pourtant à partir de cette souche que les arboriculteurs ont créé les nombreuses variétés de poires comestibles qui portent des noms charmants : Beurré Hardy, Conférence, Louise Bonne, ou Doyenné du Comice, pour ne citer que ceux-là.

En Grèce, le poirier était consacré à Héra, l'épouse de Jupiter, vénérée dans le Péloponnèse. Chez les peuples anciens, les fleurs blanches du poirier étaient assimilées au reflet de la lune divinisée qui brillait sur le royaume des morts. En Chine où le deuil se porte en blanc, la fleur de poirier traduisait la nature éphémère de l'existence humaine.

*Le poirier sauvage (*Pyrus calleryana*) doit son nom latin et anglais à un missionnaire français, Joseph-Marie Callery, qui le ramena de Chine en 1858. Son écorce est grise et rugueuse, ses feuilles sont d'un vert brillant gris qui vire au rouge vif en automne. Ses fleurs blanches, très abondantes, éclosent au début du printemps.*

Depuis les années 1950, le poirier de Chine est devenu un arbre d'ornement dans toute l'Amérique du Nord, puis en Europe. C'est ainsi qu'il fut planté au pied des tours jumelles de New York en 1973. Le 11 septembre 2001, tous les arbres alentour furent carbonisés, à l'exception d'un de ces poiriers de Chine. Lors du déblaiement, les pompiers le découvrirent avec quelques racines arrachées, tronc en partie brûlé, mais il n'était pas mort. Ces restes furent conservés avec soin dans une pépinière du Bronx avant d'être replantés en décembre 2010 à droite du bassin sud occupant l'espace de l'ancienne tour jumelle n° 2. Ce poirier mesure aujourd'hui plus de dix mètres de haut.

*Les Américains l'ont baptisé l'« arbre survivant » (*survivor tree*) et l'ont entouré d'une légère barrière de protection. Le voici devenu symbole de la renaissance, de la résistance et de la survie, à l'égal du ginkgo de Hiroshima qui a résisté au brasier atomique.*

Lors de mon dernier passage à New York, en avril 2022, je lui ai rendu visite selon un rituel bien établi désormais. Ses fleurs blanches jetaient une note lumineuse sur l'esplanade grise, tandis que les quatre cents chênes d'Amérique plantés tout autour, comme pour laisser au poirier la préséance printanière, sortaient à peine leurs bourgeons.

JEAN RACINE
(1639-1699, France)

LES POIRIERS

Je les vois par un doux échange
Ici mûris, et là, naissants,
De leurs fruits blonds et verdissants
Faire un agréable mélange ;
J'en vois même dedans leur fleur
Garder encore la splendeur
De leur blonde couronne,
Et joindre l'esprit du printemps
Aux beaux fruits dont l'automne
Rend nos yeux à jamais contents.

FRANÇOIS RIVALIER
(né en 1944, France)

DOUZAIN POUR UN VIEUX POIRIER

Le poirier luit sous la lune
dans la pénombre du verger ;
Il est vieux de cent ans passés.
Son tronc a cette couleur brune
d'écorce dure et craquelée.
De par leur ascendant chinois,
ses fruits sont durs comme du bois
mais quand ils seront distillés,
ils se changeront en poiré
que dégustera le fermier
les soirs d'hiver à la veillée
en rendant grâces au vieux poirier.

POMMIER
(Malus)

On connaît mal l'origine de cet arbre fruitier. Venu, semble-t-il, d'Asie, il se serait répandu dans le bassin méditerranéen puis en Europe occidentale, où l'espèce, par hybridation, constituerait la souche des pommiers actuels.

Depuis la nuit des temps, les hommes ont planté des pommiers et consommé leurs fruits. Le pommier domestique peut monter jusqu'à quinze mètres et vivre deux cent cinquante ans. Deux des pommiers de mon verger, à la campagne, ont au moins cent ans.

Dans notre tradition culturelle, la pomme est liée aux tentations de la chair. Elle est associée à Ève. Les pommiers étant du genre botanique Malus, *il se peut que l'association entre le mot latin* malus, *qui signifie à la fois « pomme » et « mal », soit à l'origine de cette idée de tentation à laquelle succomba Ève en consommant le fruit défendu de l'arbre de la connaissance qui, dans une autre tradition, est une orange, celle du jardin des Hespérides.*

Dans la tradition celtique, la pomme est le fruit miraculeux procurant l'immortalité, le savoir et la sagesse, à condition qu'elle vienne de l'autre monde. On trouve encore la pomme dans la légende d'Alexandre le Grand qui cherchait en Inde l'« eau-de-vie » susceptible de donner aux hommes une grande longévité.

De la pomme, on a tiré le cidre et son eau-de-vie, le calvados, mais aussi le verjus, extrait des pommes vertes qui jouait, au Moyen Âge, le rôle du vinaigre pour assaisonner les aliments.

De la pomme vient aussi la « pommade » fabriquée, à l'origine, avec la pulpe du fruit.

LUCIE DELARUE-MARDRUS
(1874-1945, France)

L'ODEUR DE MON PAYS

L'odeur de mon pays était dans une pomme.
Je l'ai mordue avec les yeux fermés du somme,
Pour me croire debout dans un herbage vert,

L'herbe haute sentait le soleil et la mer,
L'ombre des peupliers y allongeait des raies,
Et j'entendais le bruit des oiseaux, plein les haies,
Se mêler au retour des vagues de midi.
Je venais de hocher le pommier arrondi,
Et je m'inquiétais d'avoir laissé ouverte
Derrière moi, la porte au toit de chaume mou…

Combien de fois, ainsi, l'automne rousse et verte
Me vit-elle, au milieu du soleil et, debout,
Manger les yeux fermés, la pomme rebondie
De tes prés, copieuse et forte Normandie ?…
Ah ! je ne guérirai jamais de mon pays !
N'est-il pas la douceur des feuillages cueillis
Dans leur fraîcheur, la paix et toute l'innocence ?

Et qui donc a jamais guéri de son enfance ?…

KIRIL KADIISKI
(né en 1949, Bulgarie)

POMMES DU PARADIS

Le rêve était doux, comme au temps de mon enfance :
je ne dormais pas dans une grossière chambre campagnarde
mais dans le fossé bordant la Voie lactée si suave
et pavée de pommes du paradis.

Où allais-je, moi qui sais déjà
qu'ici-bas les hommes avancent
non pour l'attrait secret de l'infini,
mais aiguillonnés par les souvenirs !

J'allais me réveiller et suivre encore
ce chemin qui ne débouche nulle part…
Mais je dormais et dans le matin ensoleillé, dehors,

les arbres alignaient leurs ombres sur la route, échelle tombée
de la charrette de l'automne trop chargée :
pour m'empêcher de tomber du haut de ce rêve si beau.

RICHARD ROGNET
(né en 1942, France)

Le pommier qui, plusieurs fois, échappa
de justesse à la mort, le pêcher né
d'un noyau jeté par la fenêtre de la
cuisine, le pommier, ma mère, le pêcher,

dans le jardin de l'école où s'enivrèrent
mes paroles, dès que je sus courir
à travers mots, le pêcher, le pommier,
ma mère, ils vivent dans ma mémoire,

comme des ombres souriantes éclaboussées
de tes regards – ces regards, tu sais,
que la mort effaça, ces regards qui me
suivirent, jour après jour, jusqu'à

l'instant fatal où le pommier fragile,
le pêcher imprévu, comme de bonnes gens,
avec moi, vinrent, j'en suis certain,

te fermer gentiment les yeux.

RAVENALA
(Ravenala madagascariensis)

Mon arbre emblématique pourrait bien être le ravenala ou arbre du voyageur. De la famille des Streliziacées, cette essence tropicale est à son aise aux Antilles, au Mexique ou en Asie du Sud-Est. Son nom vient du malgache ravinala. *Au sens botanique du terme, ce n'est pas un arbre mais une plante dont le stipe et les palmes lui donnent un peu l'apparence du palmier. Son stipe, ou faux-tronc, peut monter jusqu'à dix mètres de haut.*

Utilitaire à l'origine – ses palmes gorgées d'eau, tranchées net d'une volée de coupe-coupe, désaltéraient le voyageur à pied –, il est devenu surtout décoratif. Son aspect d'éventail déployé aux palmes d'un beau vert tendre s'y prête avec bonheur.

Ainsi orne-t-il la grande avenue qui entre à Fort-de-France, le jardin de l'ambassade de France à Cuba et celui de l'hôtel Raffles à Singapour, un des derniers grands palaces de style colonial où se donnaient rendez-vous les chasseurs de tigres et leur chantre Rudyard Kipling. Le ravenala orne aussi l'entrée du Peninsula à Hong Kong, autre hôtel mythique de l'Asie du Sud-Est.

NATHALIE COUSIN (ÉRICA)
(contemporaine, France)

RAVENALAS

Bicyclette, fatiguant. Auto, dangereux.
J'aime voyager en cervelle.

Éric de Haulleville,
« Voyages », *Dénoûment*

Certains voyagent en train
d'autres prennent l'avion ou l'autoroute
ou bien, s'ils sont dans le désert,
peut-être un dromadaire.

D'autres encore tribulent dans leur tête
plutôt qu'en caravelle
ce qu'un poète belge avec esprit appelle
« voyager en cervelle ».

C'est ce transport que je préfère :
il a sur tous les autres multiples avantages
il fait d'un lointain paysage où poussent des ravenalas
le plus proche jardin.

Comme un ami qui ne prend ombrage de rien
il apporte la paix, la douceur et la joie
et l'on n'est jamais seul
dans ce voyage-là.

SANTAL
(Santalum austrocaledonicum)

Le nom vient du grec santalon. *Ce petit arbre de la famille des Santalacées est originaire de l'Inde, de Malaisie et d'Australie. Son bois semble à peine bon pour le chauffage mais, débarrassé de son aubier, il devient très odoriférant dès qu'il atteint une quinzaine d'années.*

Au XIXe siècle, il était très recherché par les Asiatiques et, en particulier par les Chinois. Ceux-ci le distillaient pour en extraire l'essence de santal. Cet engouement fit monter les prix de ce bois et provoqua un rush *des Européens sur la Nouvelle-Calédonie et l'île des Pins de 1841 à 1860.*

À bord de bricks et de goélettes plus ou moins vétustes, mal guidés par des cartes imprécises, ils bravaient les cyclones, les récifs coralliens, l'hostilité des indigènes pour venir chercher dans ces îles le précieux bois qu'ils vendraient en Chine ou échangeraient contre du thé. Aventuriers sans doute, mais aventuriers courageux, ceux auxquels on donnera le nom de « santaliers » prenaient tous les risques pour ces cargaisons odorantes.

Parfois, c'était l'affrontement brutal avec les autochtones. Des crânes éclataient sous les casse-tête. Vaincus par le nombre, ils fuyaient pour mieux revenir en force, venger puis enterrer leurs morts, ou plutôt ce qu'il en restait, la chair ayant été mangée par les guerriers anthropophages et les crabes.

J'ai découvert, à Ouvéa, île de l'archipel des îles Loyauté, un petit cimetière marin où reposent quelques-uns de ces santaliers. Leurs tombes ont la forme d'une coque renversée, quille en l'air tendue vers les palmes. Dans leurs canots naviguant à l'envers, ils poursuivent une quête incertaine vers le cynique Eldorado de leur âme peu ménagée.

Les autochtones finirent par comprendre le parti qu'ils pouvaient tirer de ce nouveau pactole. Ils mirent les arbres en coupe réglée si bien que, vers 1860, les bouquets de santal avaient à peu près disparu. Par la suite, les autorités parvinrent à susciter une certaine régénération de l'espèce.

RENÉE VIVIEN
(1877-1909, France)

À LA FEMME AIMÉE
(extrait)

Lorsque tu vins, à pas réfléchis
dans la brume, le ciel mêlait aux ors
le cristal et l'airain.
Ton corps se devinait
ondoiement incertain,
Plus souple que la vague
et plus frais que l'écume.
Le soir d'été semblait un rêve
oriental de rose et de santal.

SAPIN
(Abies)

Le sapin est un des plus hauts arbres d'Europe. Il peut atteindre cinquante à soixante mètres et vivre jusqu'à sept ou huit cents ans. Parce que des bandes argentées luisent au revers de ses aiguilles, on l'appelle « sapin blanc » ou « argenté » par opposition au « sapin rouge » qui est l'épicéa.

Cet arbre se dresse sur les pentes entre six cent et mille six cents mètres. On le trouve dans les Vosges, le Jura, les Préalpes, les Pyrénées. Il est aussi très répandu en Suisse, en Allemagne, en Asie Mineure et dans le Caucase.

Chez les peuples germaniques, le sapin est le roi incontesté des forêts de montagne. En Suisse et dans le Tyrol, le génie de la forêt habitait un vieux sapin qui suppliait qu'on le laissât vivre quand les bûcherons se préparaient à le couper.

*Jadis, en Savoie, le sapin arrêtait les effets du mauvais œil et empêchait la foudre de tomber. L'arbre dont nous faisons généralement notre sapin de Noël est en fait l'épicéa, à la cime pointue et aux aiguilles sombres et piquantes. Ce n'est qu'en 1840 qu'une princesse allemande introduisit en France, à la cour des Tuileries, le sapin de Noël, dont la tradition avait commencé au Moyen Âge dans les pays germaniques puis en Alsace au XV*e* siècle.*

GUILLAUME APOLLINAIRE
(1880-1918, France)

Les sapins en bonnets pointus
De longues robes revêtus
Comme des astrologues
Saluent leurs frères abattus
Les sapins qui sur le Rhin voguent

Dans les sept arts endoctrinés
Par les vieux sapins leurs aînés
Qui sont de grands poètes
Ils se savent prédestinés
À briller plus que des planètes

À briller doucement changés
En étoiles et enneigés
Aux Noëls bienheureuses
Fêtes des sapins ensongés
Aux longues branches langoureuses

Les sapins beaux musiciens
Chantent les Noëls anciens
Au vent des soirs d'automne
Ou bien graves magiciens
Incantent le ciel quand il tonne

Des rangées de blancs chérubins
Remplacent l'hiver les sapins
Et balancent leurs ailes

L'été ce sont de grands rabbins
Ou bien de vieilles demoiselles

Sapins médecins divagants
Ils vont offrant leurs bons
Onguents
Quand la montagne accouche
De temps en temps sous l'ouragan
Un vieux sapin geint et se couche

ANATOLE FRANCE
(1844-1924, France)

LES SAPINS

On entend l'Océan heurter les promontoires ;
De lunaires clartés blêmissent le ravin
Où l'homme perdu, seul, épars, se cherche en vain ;
Le vent du Nord, sonnant dans les frondaisons noires,
Sur les choses sans forme épand l'effroi divin.

Paisibles habitants aux lentes destinées,
Les grands sapins, pleins d'ombre et d'agrestes senteurs
De leurs sommets aigus couronnent les hauteurs ;
Leurs branches, sans fléchir, vers le gouffre inclinées,
Tristes, semblent porter d'iniques pesanteurs.

Ils n'ont point de ramure aux nids hospitalière,
Ils ne sont pas fleuris d'oiseaux et de soleil,
Ils ne sentent jamais rire le jour vermeil ;
Et, peuple enveloppé dans la nuit familière,
Sur la terre autour d'eux pèse un muet sommeil.

La vie, unique bien et part de toute chose,
Divine volupté des êtres, don des fleurs,
Seule source de joie et trésor de douleurs,
Sous leur rigide écorce est cependant enclose
Et répand dans leur corps ses secrètes chaleurs.

Ils vivent. Dans la brume et la neige et le givre,
Sous l'assaut coutumier des orageux hivers,
Leurs veines sourdement animent leurs bras verts,
Et suscitent en eux cette gloire de vivre
Dont le charme puissant exalte l'univers…

SASSAFRAS
(Sassafras officinalis)

Cet arbre à feuilles caduques de la famille des Lauracées (avocatier, camphrier, cannelier, laurier) pousse en Asie, dans les Amériques, en Chine, en Thaïlande et au Vietnam. Connu sous le nom de « laurier des Iroquois », certaines tribus indiennes l'utilisent pour ses propriétés antiseptiques. Il fut découvert en Floride par les Espagnols en 1538 et introduit en Europe en 1630 à des fins médicales.

Il peut atteindre vingt mètres de haut. Son écorce, sa feuille et sa racine contiennent une essence aux senteurs d'orange et de vanille utilisée pour parfumer crèmes et pommades.

Les Indiens choctaws, tribu amérindienne vivant dans le sud-est des États-Unis, faisaient du savon avec ses feuilles. Son bois est utilisé en ébénisterie.

Le nom de cet arbre a été popularisé en France par une œuvre théâtrale de René de Obaldia intitulée Du vent dans les branches de sassafras, *qui fut créée en février 1965 au théâtre de Poche, à Bruxelles, avec Michel Simon dans le rôle principal.*

LECONTE DE LISLE
(1818-1896, France)

LE CALUMET DU SACHEM

(extrait)

Les cèdres et les pins, les hêtres, les érables,
dans leur antique orgueil des siècles respecté,
haussent de toutes parts avec rapidité
la noble ascension de leurs troncs vénérables
jusqu'aux dômes feuillus, chauds des feux de l'été.

Sous l'enchevêtrement de leurs vastes ramures
la terre fait silence aux pieds de ses vieux rois.
Seuls, au fonds des lointains mystérieux, parfois,
naissent, croissent, s'en vont, renaissent les murmures
que soupire sans fin l'âme immense des bois.

Transperçant çà et là, les hautes nefs massives.
Dans l'air empli d'arôme immobile et de paix
l'invisible soleil darde l'or de ses rais,
qui sillonnent d'un vol grêle de flèches vives
La sombre majesté des feuillages épais.

Les grands élans, couchés parmi les cyprières,
sur leurs dos musculeux renversent leurs cols lourds.
Les panthères, les loups, les couguars et les ours
Se sont tapis, repus des chasses meurtrières,
Au creux des arbres morts ou dans les antres sourds.

Écureuils, perroquets, ramiers à gorge bleue
Dorment. Les singes noirs, du haut des sassafras,
sans remuer leur tête et leurs reins au poil ras,
À la branche qui ploie appendus par la queue,
laissent inertement aller leurs maigres bras.

SAULE
(Salix)

Je construisais, en mes années d'enfance, des cabanes aériennes dans des saules bordant les prairies près de la Saône, aux alentours de Mâcon. Cet arbre est resté un bon compagnon. Aujourd'hui encore, un saule pleureur et un saule argenté ombragent la mare proche de ma maison à la campagne.

Cet arbre de la famille des Salicacées peut monter jusqu'à vingt ou vingt-cinq mètres mais il ne vit pas vieux : cent ans tout au plus. Le saule pleureur est, depuis le XVIIIe siècle, le symbole végétal de la mélancolie et de cette nostalgie propre à l'époque romantique.

L'arbre est originaire de Chine, d'où il fut rapporté en Europe au XVIIe siècle. Jadis, toutes les espèces de saule étaient désignées par le mot « osier » d'origine gauloise. L'osier a depuis toujours été utilisé en vannerie. Dans les régions viticoles, on s'en servait pour lier la vigne.

Curieusement, dans l'Antiquité, le saule passait pour maléfique, voué à Hécate, la déesse-lune magicienne et un peu sorcière. Vivant les pieds dans l'eau, le saule soigne les maux engendrés par l'humidité comme les rhumatismes. Les Mésopotamiens utilisaient l'écorce de saule pour soigner les fièvres et cette pratique est restée en usage dans nos campagnes pendant fort longtemps.

Dans la pharmacopée moderne, les feuilles et l'écorce du saule, qui contiennent de la salicitine, ont été remplacées par de l'acide acétylsalicylique de synthèse que l'on trouve dans l'aspirine, laquelle, chacun le sait, a des vertus anti-inflammatoires, analgésiques et antirhumatismales.

WILLIAM SHAKESPEARE
(1564-1616, Angleterre)

LA CHANSON DU SAULE

La pauvre âme était assise soupirante près d'un sycomore,
Chantons tous un naïf saule ;
La main sur son sein, sur ses genoux sa tête,
Chantons le saule, le saule, le saule :
Le frais ruisseau à ses côtés coulait et murmurait ses plaintes,
Chantez le saule, le saule, le saule ;
Ses larmes amères, tombaient, attendrissant les pierres…
Chantez le saule, le saule, le saule,
Chantez tous le jeune saule qui doit être ma guirlande ;
Que nul ne blâme mon amant ; j'approuve ses dédains.
J'ai nommé faux amour mon amour ; alors qu'a dit mon amour ?
Chantons le saule, le saule, le saule ;
Si je courtise d'autres femmes, couchez avec d'autres hommes

JEAN-FRANÇOIS DUCIS
(1733-1816, France)

LE SAULE DU MALHEUREUX

Charmant vallon, le plus doux des déserts,
Où souvent seul j'ai cherché la nature,
J'entends déjà ton ruisseau qui murmure ;
Je vois enfin tes saules toujours verts.
Chantez le saule et sa douce verdure.

Oui, les voilà ces ramiers amoureux,
Ces monts, ces bois, ces prés, cette onde pure.
Ah ! devrais-tu, riche et simple nature,
T'offrir si belle à l'œil du malheureux ?
Chantez le saule et sa douce verdure.

Songe si doux qui m'as flatté longtemps,
Crédule espoir, n'es-tu qu'une imposture ?
Hélas ! ce champ me donne avec usure
Ce que ses fleurs m'ont promis au printemps.
Chantez le saule et sa douce verdure.

Me voilà donc, saule cher au malheur,
Sous tes rameaux nourrissant ma blessure.
Ah ! dis au vent, dis à l'eau qui murmure,
En s'enfuyant, d'emporter ma douleur.
Chantez le saule et sa douce verdure.

Puisse bientôt, ce sont mes derniers vœux,
Quelque pasteur, voyant ma sépulture,

Dire en passant : « On trompa sa droiture.
Il fut sensible, et mourut malheureux. »
Chantez le saule et sa douce verdure.

FRIEDRICH VON SCHILLER
(1759-1805, Allemagne)

LE SAULE PLEUREUR

Lorsque chacun des dieux prit un arbre en partage,
Alcide, nous dit-on, choisit le peuplier,
Le lierre pour Bacchus déploya son feuillage ;
Apollon garda le laurier,

De la céleste cour le monarque suprême
Au chêne décerna l'empire des forêts.
Minerve à l'olivier dit : « tu seras l'emblème
De l'abondance et de la paix. »

Le myrte des amours devint l'heureux symbole,
Il fleurit, cultivé par la main des zéphyrs ;
Amants infortunés, il vous reste le saule
Pour confident de vos soupirs.

Les oiseaux recueillis sous mon toit de verdure,
De son tranquille abri n'osent troubler la paix ;
Le ruisseau qui l'arrose, adoucit son murmure
Et semble exprimer des regrets.

Oh ! qu'à le voir alors vers la rive chérie
Incliner mollement ses flexibles rameaux,
Comme en cheveux épars on nous peint l'élégie
Soupirant auprès des tombeaux.

Saule cher et sacré, le deuil est ton partage
Sois l'arbre des regrets et l'asile des pleurs ;
Tel qu'un fidèle ami, sous ton discret ombrage,
Accueille et voile nos douleurs.

Des peines, du malheur, l'homme est né tributaire ;
Victimes, à leur tour, de la commune loi,
Ceux même auxquels sourit le sort le plus prospère,
Viendront soupirer près de toi.

Qui de nous ne voit pas dans sa courte carrière
Disparaître un objet que son cœur a chéri ?
Quel est le froid mortel dont l'âme solitaire
N'a point à pleurer un ami ?

Et toi crédule amant qu'un nœud si doux engage,
Hâte-toi de jouir de ton bonheur d'un jour ;
Si le myrte aujourd'hui te prête son ombrage,
Demain le saule aura son tour.

ALFRED DE MUSSET
(1810-1857, France)

Mes chers amis, quand je mourrai
Plantez un saule au cimetière,
J'aime son feuillage éploré,
La pâleur m'en est douce et chère,
Et son ombre sera légère
À la terre où je dormirai

SÉQUOIA
(Sequoiadendron giganteum)

Il existe deux espèces de séquoias : le séquoia géant et le séquoia redwood ou sempervirens (« toujours vert »).

Le premier présente une écorce rougeâtre et spongieuse, pouvant atteindre soixante centimètres d'épaisseur (c'est une protection en cas d'incendie). Ses feuilles sont en alêne et forment des écailles autour du rameau. C'est cette espèce-là que j'ai plantée, voici vingt-cinq ans, dans mon parc. Il mesure aujourd'hui quinze mètres de haut. Quand j'aurai disparu, il continuera de monter jusqu'à cinquante, soixante ou quatre-vingt-dix mètres. Le séquoia géant peut vivre jusqu'à deux mille ans.

Le séquoia redwood, lui, se plaît au sud de la Californie. Il peut monter jusqu'à cent vingt mètres. J'ai vu le plus gros d'entre eux, baptisé « Général Sherman », dans le parc national de Séquoia, au sud de la Sierra Nevada en Californie. Il mesure quatre-vingt-trois mètres de haut pour une circonférence de trente mètres. Sa masse est estimée à deux mille cent tonnes. Sauf accident ou incendie, celui-là pourra vivre jusqu'à trois mille ans.

Le nom de cet arbre extraordinaire vient de Sequoyah, chef indien cherokee (1770-1843), inventeur d'un syllabaire de sa langue. Les Indiens de la Sierra Nevada vénéraient le séquoia sempervirens et voyaient en lui le pilier autour duquel le monde avait été créé, l'axe de l'univers. Ils l'avaient baptisé « l'arbre Phénix », capable de renaître de ses cendres après un incendie. Ce géant a été introduit en Europe en 1853.

Le plus gros des séquoias géants de France est à Châlus, dans la Haute-Vienne. Il a cent cinquante ans et mesurait quarante-quatre mètres de haut quand il fut frappé par la foudre en 2003, perdant sa cime de onze mètres. Son tronc, à un mètre du sol, mesure treize mètres de circonférence. Il est très impressionnant.

Le plus haut des séquoias redwood – il mesure cinquante-deux mètres de haut – est dans la forêt domaniale de Ribeauvillé, dans le Haut-Rhin. Il a été planté le 19 mars 1856 pour célébrer la naissance du prince impérial, fils de Napoléon III et de l'impératrice Eugénie.

CZESLAW MILOSZ
(1911-2004, Pologne)

LA FORÊT SYMBOLE DE SÉQUOIAS

Je vénère les arbres et cela n'a rien d'exceptionnel, les hommes l'ont fait depuis des temps immémoriaux, et l'élancement du tronc, depuis le monde souterrain des racines, à travers notre dimension moyenne, jusqu'au ciel où frémissent les feuilles, a toujours approuvé clairement la division de l'existence en trois sphères. L'arbre a écrit La Divine Comédie sur l'ascension des enfers vers les cercles supérieurs du ciel bien avant que Dante n'écrivît son poème. Je ne saurais vivre dans un pays sans arbres et là où je suis, la boussole de mes rêves indique toujours le nord.

La forêt de redwoods[2] ou les restes de la forêt vierge de séquoias. Certaines cathédrales gothiques, celle de Strasbourg par exemple, reproduisent, comme on peut le penser, la petitesse et l'impuissance de l'homme dans sa sphère intermédiaire entre l'Enfer et le Ciel, parmi les colonnes de la forêt qui recouvrait encore une grande partie de l'Europe lorsqu'on construisait les cathédrales. Mais on ne vit jamais en Europe d'arbres comptant plus de deux mille ans comparables aux redwoods. Cette forêt est l'idée même de la forêt, l'archétype conçu par Dieu, aucune colonne d'église ne culmine à cette hauteur, nulle part la pénombre qui y règne ne contraste si nettement avec le rayon oblique qui la

2. Séquoia sempervirens : *Redwood* en Amérique.

traverse, venu d'un lointain invisible. Les petites figures humaines paraissent menues, non pas comparées aux troncs – ceux-là sont au-delà de toute proportion –, mais par rapport à ce qui se trouve plus bas, aux fougères plus hautes que l'homme, aux troncs morts, couverts de mousse, d'où s'élancent des pousses vertes. Pour que se confirme sa valeur de forêt symbole, la forêt de séquoias a cette particularité que, même coupé, un tronçon d'arbre ne meurt pas mais renaît dans une infinité de petites branches qui poussent à vue d'œil.

SORBIER
(Sorbus)

C'est à partir du mois d'août que les oiseaux, et en particulier les grives, aiment à picorer les petites baies rouge corail du sorbier. Jadis, les oiseleurs attrapaient au filet les grives attirées par les baies, d'où son nom de « sorbier des oiseleurs ». On distingue le sorbier, espèce à feuilles composées, de l'alisier à feuilles simples, mais ces deux arbres sont de la même famille.

Ils poussent dans des régions à climat tempéré, en plaine ou en montagne jusqu'à la limite de la végétation. Le sorbier peut atteindre jusqu'à quinze mètres de haut et vivre cent ans.

À côté de l'alisier et du sorbier, on trouve le cormier, originaire de la région méditerranéenne, d'Asie Mineure et d'Afrique du Nord. Il s'est répandu dans la France entière. Ses feuilles composées sont semblables à celles du sorbier des oiseleurs. Cet arbre peut monter jusqu'à vingt mètres de haut et vivre cinq ou six cents ans. Le nom de son fruit, « corme », est d'origine gauloise.

Chez les Celtes et les Germains, le sorbier était un arbre magique auquel ils attribuaient un pouvoir contre les démons.

Dans les pays nordiques, on regardait ces arbres comme des protecteurs du bétail.

Dans la tradition de nos campagnes, le sorbier, à l'égal du sureau, porte bonheur aux amoureux.

Le bois au grain serré de ces arbres est utilisé en ébénisterie. Jadis, on s'en servait pour fabriquer des rabots.

GOTTFRIED BENN
(1886-1956, Allemagne)

SORBIERS

Sorbiers – non rouges encore.
non encore dans cette couleur
où ils évoluent en ardeurs tardives.
baies pour oiseaux, automne, mort.

Sorbiers – encore un peu blêmes.
pourtant regarde : déjà liés en bouquets
annonçant à mi-profondeur
les heures de l'adieu :
peut-être jamais plus,
peut-être cette dernière fois.

Sorbiers – cette année comme toujours :
en teintes d'abord ternes
puis en rouge
colorés pleins mûris offerts à Dieu –

mais toi, quand t'es-tu coloré.
quand as-tu été plein et mûr ?

SYCOMORE
(Acer pseudoplatanus)

Espèce décrite par Linné en 1753, l'érable sycomore est quelquefois appelé « faux-platane », « grand érable » ou « érable blanc ». Son nom lui vient de la ressemblance de ses feuilles avec celles du figuier sycomore ou « figuier d'Égypte ». C'est un grand arbre pouvant atteindre trente à quarante mètres de haut et un diamètre de quatre mètres. Il peut vivre cinq cents ans.

L'espèce est répandue en Europe centrale et occidentale ainsi qu'autour de la Méditerranée, en Asie Mineure et dans le Caucase.

Il pousse jusqu'à mille six cents mètres d'altitude en compagnie du hêtre et du sapin. Il est considéré comme un bois noble ou semi-précieux, très dur et très homogène. On l'utilise en ébénisterie et en lutherie pour fabriquer des éléments du violon. Autrefois, on en faisait des sabots.

Il est aussi utilisé comme arbre d'ornement dans les parcs et comme arbre d'alignement au bord des routes.

Il symbolise le chagrin d'amour dans le théâtre élisabéthain et shakespearien.

VÉNUS KHOURY-GHATA
(contemporaine, Liban)

Le sycomore qui s'est levé du pied gauche
insulte la cheminée qui l'enfume
et gifle de ses branches la lucarne

Ses feuilles hérissées de fureur
il donne à la maison l'ordre de s'installer plus loin
et de cesser de marcher sur ses orteils

La porte qui tente de le calmer
est priée de fermer sa grande gueule carrée

L'Hirondelle qui assiste à la scène
conseille à Sycomore de surveiller son vocabulaire
sinon elle déménagerait son nid sur le châtaignier

TAMARINIER
(Tamarindus indica)

Cet arbre est originaire des régions tropicales sèches de l'Afrique de l'Est, puis il a été implanté en Asie du Sud et, au XVIᵉ siècle, en Amérique centrale et dans les Antilles, où on l'appelle « tamarin bord de mer ». À Madagascar, le tamarinier est considéré comme un arbre sacré, le roi des arbres. Il peut atteindre vingt mètres de haut.

Son tronc est large et court. De croissance lente, il peut vivre très longtemps. Son feuillage est persistant. Des fleurs jaune pâle donnent, en octobre, des fruits constitués de grosses gousses contenant plusieurs graines ovales et brillantes, entourées d'une pulpe fibreuse.

Ce fruit est le tamarin, parfois appelé « datte indienne ». La pulpe entourant les graines est acide et riche en sucre. Elle est utilisée comme épice dans la cuisine indienne, dans les currys et les chutneys, ainsi qu'au Moyen-Orient où elle sert à parfumer le riz.

Elle est un ingrédient important de la sauce Worcestershire, mais dans des proportions tenues secrètes.

Le tamarin a des vertus laxatives et digestives. Il est utilisé dans le traitement des bronchites et des maux de gorge.

Les tamariniers jouent un rôle écologique important dans les forêts primaires malgaches.

Dans la petite île des Antilles françaises de Saint-Barthélemy, je connais un jardin tropical au cœur duquel a poussé, voici bien longtemps, un magnifique tamarinier.

CHARLES BAUDELAIRE
(1821-1867, France)

PARFUM EXOTIQUE

Quand, les deux yeux fermés, en un soir chaud d'automne
Je respire l'odeur de ton sein chaleureux,
Je vois se dérouler des rivages heureux
qu'éblouissent les feux d'un soleil monotone ;

Une île paresseuse où la nature donne
Des arbres singuliers et des fruits savoureux ;
Des hommes dont le corps est mince et vigoureux,
Et des femmes dont l'œil par sa franchise étonne.

Guidé par ton odeur vers de charmants climats,
Je vois un pont rempli de voiles et de mâts
Encor tout fatigués par la vague marine,

Pendant que le parfum des verts tamariniers
qui circule dans l'air et m'enfle la narine,
Se mêle dans mon âme au chant des mariniers.

TILLEUL
(Tilia)

Comme il est agréable ce parfum qu'exhalent les fleurs du tilleul dans la chaleur estivale de juin et de juillet ! Je le sens quand je traverse à cette saison l'esplanade des Invalides, à Paris, ou lorsque j'entre dans ma thébaïde des Yvelines où deux tilleuls encadrent le portail.

C'est un bel arbre majestueux à la frondaison touffue d'un agréable vert. Il peut atteindre quarante mètres de haut et vivre jusqu'à mille ans.

Depuis l'Antiquité, il est vénéré. À partir du XVIe siècle, on plante des tilleuls dans les jardins publics, et en alignement de rues. Au XVIIe siècle, l'allée de tilleuls annonçait la présence du château. L'espèce croît dans toute l'Europe, jusqu'à l'Oural. Le tilleul fut un des arbres choisis, en 1792, comme « arbre de la liberté » pour incarner les valeurs de la Révolution. Symbole de la fête et de l'amitié, il occupe les places de villages où il est censé protéger du mauvais œil.

Les Grecs connaissaient déjà les propriétés calmantes des fleurs du tilleul.

Il existe, en France, des tilleuls multicentenaires dont celui que j'ai souvent visité, dans le parc du château de Breteuil, à Choisel, près de Chevreuse : planté sous le règne de Louis XI, il a dépassé cinq cents ans.

BORIS PASTERNAK
(1890-1960, Russie)

L'ALLÉE DES TILLEULS

Un porche, une arche de plein cintre,
Prés et collines, avoine, bois,
Un beau manoir, et, dans l'enceinte,
L'ombre d'un parc obscur et froid.

Là, se dissimulant leurs faîtes
Dans la pénombre de l'allée,
Des tilleuls gigantesques fêtent
Leur deux centième jubilé.

Leur voûte refermée domine
Une pelouse et des massifs
Que quelques sentiers rectilignes
Vont traversant en raccourci.

Pas une tache de lumière
Sur le sable sous les tilleuls.
Seule au loin la sortie s'éclaire
Comme la bouche d'un tunnel.

Mais un jour les tilleuls fleurissent
Et dans le parc alors s'épand,
Avec leur ombre, le délice
De leur arôme conquérant.

Les flâneurs en chapeau de paille
S'arrêtent tous en respirant
Cette senteur inconcevable
Et que l'abeille seule entend,

Qui vous prend au cœur et figure
Alors l'objet et la teneur
Du livre enclos sous la reliure
Du parc et du massif de fleurs.

Sur le vieil arbre centenaire,
Rideau tombant sur le logis,
Brûlent sous les gouttes de cire
Les fleurs allumées par la pluie.

TREMBLE
(Populus tremula)

On l'appelle aussi « peuplier tremble » ou « tremble d'Europe ». En Amérique du Nord, on trouve le peuplier faux tremble. Il est le seul, de la famille des peupliers, qui pousse en forêt, surtout dans les clairières parce qu'il a besoin de lumière.

L'arbre peut monter jusqu'à vingt-cinq ou trente mètres. Il ne dépasse guère les cent ans. Son nom vient du latin tremulus, *« tremblement ». La feuille de cet arbre tremble parce qu'elle est portée par un long pétiole très souple, mais très résistant et aplati verticalement. Ainsi, au moindre souffle, la feuille s'agite en se tordant et en émettant un léger bruissement.*

Cet arbre « bruyant » est à l'origine de nombreuses croyances dans le folklore européen. En Angleterre, le bruissement du tremble était comparé aux langues bien pendues des femmes de la campagne. En Bretagne, on dit que le tremble orgueilleux refusa de se pencher devant le Christ montant vers le calvaire, alors que tous les autres arbres s'inclinaient, et que, n'ayant jamais péché, il n'avait aucune raison de trembler. Dès lors, il ne cessa plus de le faire. La légende veut aussi que c'est dans son bois que fut taillée la croix du Christ.

Ce bel arbre pousse vite et son tronc lisse et droit, d'un beau gris clair, fonce en prenant de l'âge. En automne, son feuillage prend de belles et chaudes teintes, du jaune orangé au rouge empourpré.

FERNAND SÉVERIN
(1867-1931, France)

LE TREMBLE

Le couchant, tel qu'un grand bûcher qui se consume,
S'obscurcit, lentement envahi par la brume.
Dans les bois empourprés de son dernier reflet,
Les beaux feuillages que le vent échevelait
S'apaisent. La douceur rêveuse d'une idylle
Flotte dans l'air. Le plus léger, le plus mobile
A cessé par degrés de frémir, comme las.
Les verdoyants massifs se teintent de lilas.
Il semble, à voir leurs silhouettes familières
Se fondre dans la brume d'azur des clairières,
Qu'un calme élyséen soit descendu sur eux...
Regarde. Il a saisi les frênes vaporeux,
Dont la forme surgit du taillis, indécise ;
Les saules gris, jouet favori de la brise ;
Les sveltes bouleaux ondoyants, grâce des bois ;
Et les hauts peupliers, dont la cime, parfois,
Palpite sous un dernier souffle... Heure inspirée !
Maintenant, telle qu'une tranquille marée,
La nuit monte, emplissant la profondeur du ciel ;
Rien n'est majestueux, troublant et solennel
Comme ce grand sommeil des bois dans l'ombre amie.

Quelqu'un veille, parmi cette foule endormie...
On perçoit des frissons, de sourds chuchotements,
Une sorte de chant confus qui, par moments,

S'interrompt… Quelque part dans la forêt obscure
Un arbre singulier frémit, vibre et murmure
Sous un souffle profond que nous ne sentons pas.
Quel mystérieux chant module-t-il tout bas ?…
Qu'importe ? Sensible entre tous, il te ressemble.
C'est ton frère ignoré, poète. C'est le tremble.

YEUSE OU CHÊNE VERT
(Quercus ilex)

C'est dans cet arbre que le jeune baron perché grimpa pour y passer le reste de sa vie. Ce chêne vert peut atteindre quinze à vingt mètres de haut et vivre entre deux cent et deux mille ans.

Ses belles feuilles persistantes d'un vert sombre et brillant dessus et vert argenté au revers, font de cet arbre au tronc tortueux une des essences les plus caractéristiques du pourtour méditerranéen et aussi des îles : Corse, Sicile, Sardaigne.

En Crète, j'ai traversé des vallées entières tapissées de chênes verts qui voisinent souvent avec les oliviers et les caroubiers.

Le mot « yeuse », qui est féminin, vient du provençal euze, *lui-même issu du mot* elex, *variante d'*ilex *en latin dialectal.*

En Arcadie, l'arbre était dédié à Pan, dieu de la nature sauvage et fils d'Hermès. À Rome, selon Pline, la couronne de chêne insigne de la royauté fut d'abord faite d'un rameau d'yeuse portant des glands avant d'être remplacée par du chêne rouvre.

Dans nombre de cultures, le chêne vert représente la force.

Avec le chêne rouvre, le chêne vert est une des espèces utilisées pour la trufficulture.

WALT WHITMAN
(1819-1892, États-Unis)

J'AI VU EN LOUISIANE POUSSER UN CHÊNE VERT

En Louisiane j'ai vu pousser un chêne vert,
Tout seul, avec de la mousse qui pendait à ses branches
Il poussait là sans le moindre compagnon, produisant
de joyeuses feuilles d'un vert sombre,
Et son aspect rustique, inflexible, vigoureux me faisait
penser à moi-même
Mais je me demandais comment il pouvait produire
d'aussi joyeuses feuilles en poussant là tout seul,
sans son ami près de lui, sachant que moi, je ne le pourrais pas

Et j'ai coupé un rameau porteur de quelques feuilles,
en enroulant un peu de mousse autour,
Et je l'ai emporté pour le placer bien en vue dans ma
chambre

Je n'en ai pas besoin pour me souvenir
de mes propres chers amis (car je crois bien que
depuis un moment, je ne pense guère qu'à eux)

Pourtant ce rameau reste pour moi un curieux témoignage,
il me fait penser à l'amour viril ;

Pour autant, bien que ce chêne vert scintille là-bas, en Louisiane
Solitaire dans une grande étendue,
Produisant de joyeuses feuilles toute sa vie
sans un ami, sans un amant proche,
Je sais très bien que moi, je ne le pourrais pas.

SOURCES ET COPYRIGHTS

© Éditions Corti
Julien Gracq, « Le Cyprès » (extrait), *in Carnets du grand chemin*, 1992.

© Éditions de l'Hexagone
Claudine Bertrand, « Ailleurs intérieur » (extrait), *in Jardin des vertiges*, 2002.
Paul-Marie Lapointe, « Arbres », *in Choix de poèmes. Arbres*, 1960.

© Éditions du Rocher
Michel Cosem, « Le Baobab », *in Arbres de grand vent*, 2004.
Michel Cosem, « L'Eucalyptus », *in Arbres de grand vent*, 2004.

© Éditions Le Corlevour
Benjamin Guérin, sans titre, *in Quand nous étions des loups*, 2024.

© Éditions Les Lettres Nouvelles-Maurice Nadeau
Jean Metellus, « Le Cocotier », *in Au pipirite chantant et autres poèmes*, 1978.

© Éditions Rougerie
Jean-Vincent Verdonnet, sans titre, *in Fugitif éclat de l'être*, 1987.

© Éditions Tarabuste
Gabriel Zimmermann, « En rentrant dans la forêt… », *in Plus loin que l'atelier*, 2024.

© Éditions Tryptique
Robert Berrouët-Oriol, extrait d'*Éloge de la mangrove*, 2016.

© Fayard
Czeslaw Milosz, « La Forêt symbole de séquoias », *in Visions de la baie de San Francisco*, 1986.

© Gallimard
Gottfries Benn, « Sorbiers », *in Poèmes*, 1972.
Alain Bosquet, « Les Citrons », *in Je ne suis pas un poète d'eau douce*, 1996.
Pablo Neruda, « Ode à l'araucaria araucan » in *Nouvelles odes élémentaires*, 1976.
Pablo Neruda, « Ode au magnolia » (extrait), *in Troisième livre des odes*, 1978.
Richard Rognet, sans titre, *in Dans les méandres des saisons*, 2014.
Claude Roy, extrait de « Soleil et brume », *in Les Pas du silence, suivi de Poèmes en amont*, 1990.
Jules Supervielle, « Dans la forêt sans heures… », *in Le Forçat innocent*, 1937.

© L'Âge d'Homme
Claudine Helft, « Soudain sur le point », *in L'Infinitif du bleu*, 1992.
Claudine Helft, « Jacaranda » (extrait), *in L'Infinitif du bleu*, 1992.

© La Différence
Dominique Le Buhan, « En faveur du charme », *in Les Poètes et les arbres*, La Différence, 2005.

© Le Cherche Midi
Max Alhau, « Un arbre », *in Poésie de langue française : anthologie thématique*, Le Cherche Midi, 2013.
Daniel Biga, « Agrume », *in Jours de nuit*, 2013.

Georges Brassens, « Auprès de mon arbre » (extrait), *Œuvres complètes*, 2007.
Vénus Khoury-Ghata, « Le Cerisier », *in La Voix des arbres*, 2000.
Vénus Khoury-Ghata, « Le Sycomore », *in La Voix des arbres*, 1999.
Jean Grosjean, sans titre (extrait), *in Runes*, 1989.
Özdemir Ince, « Sous le figuier », *in La Voix des arbres*, 2019.
Kiril Kadiiski, « Pommes du paradis », *in Les Cinq Saisons et autres poèmes*, 2001.
Mohammed Khaïr Eddine, « L'Arganier », *in Poèmes et récits d'Afrique noire, du Maghreb, de l'océan Indien et des Antilles*, 1997.
Charles Le Quintrec, « Les Arbres » *in Les plus beaux poèmes pour enfants*, Le Cherche Idi, 2003.
François Montmaneix, « L'Arbre, la femme, l'oiseau », *in Vivants*, 1997.
Jean-Claude Pirotte, sans titre, *Je me transporte partout. 5 000 poèmes inédits (2012-2014)*, 2020.
Joseph Paul Schneider, « Racines du ciel » (extrait de « La traversée du temps »), *in En cette steppe*, 2018.
Paul Vincensini, sans titre, *in Archiviste du vent*, 2013.

© Le Taillis Pré
Yves Broussard, extrait sans titre, *in Mesures de la vie*, 2004.

© Les Poètes français
René Le Bars, « Le Chêne de Notre-Dame », *in Reflets d'éternité*, 2022.

© Possibles
Annie Salager, « Nos frères les arbres », *in Le Murmure des coquelicots, Possibles*, n° 29, septembre 2023.

© Presses nationales d'Haïti
René Depestre, « Le Temps des flamboyants », *in Gerbes de sang*, Imprimerie de l'État, Port-au-Prince, 1946.

Œuvres inédites reproduites avec l'aimable autorisation de leurs auteurs

Anne-Laure Cartier de Luca, « L'Enfant et les peupliers ».
Sylvestre Clancier, « L'arbre a rêvé ».
Danièle Corre, « Sève et sang ».
Nathalie Cousin (Érica), « Ravenalas », https://leblogderica.canal-blog.com et https://ouvreboiteapoemes.e-monsite.com/
Patrice Delbourg, « Fantasia du paulownia ».
Michel Dunand, « Dit d'un rouge en sa forêt »
Bernard Fournier, « Enraciné voyageur »
François Rivalier, « Douzain pour un vieux poirier ».
Arnaud Saint-Henry, sans titre.
Dominique Sampiero, « Empathie du hêtre et du tremble »,.

Œuvres dans le domaine public

Jean Aicard, « Les Cyprès », *in Poèmes de Provence*, Lemerre, 1874.
Guillaume Apollinaire, « Les Sapins », *in Alcools*, Gallimard, 1913.
Bhagavad-Gita, « Figuier-banian », *in* le « Chant XV », .
Bhagavad-Gita, « Figuier des pagodes », *in* le « Chant XV ».
Charles Baudelaire, « Correspondance », *in Les Fleurs du mal*, Gallimard, 1857.
Charles Baudelaire, « Parfum exotique », *in Les Fleurs du mal*, Gallimard, 1857.
Clémens Brentano, « Myrte bien-aimé… » (extrait), *in Romantisme allemand*, Éditions des Cahiers du Sud, 1949.
George Gordon Byron, « À un chêne de Newstead », *in Œuvres complètes de Lord Byron*, t. 1, Garnier Frères, 1871.
Maurice Carème, « Les Bouleaux », *in Les Lanternes magiques*, Stock, 1947.
Guy-Charles Cros, « Arbres », *in Avec des mots, Les Cahiers de la quinzaine*, 1927.
Gabriele d'Annunzio, « Aux oliviers », *in Poésies 1878-1893*, Calmann-Lévy, 1923.

Théodore de Banville, « L'Arbre de Judée » (extrait), *in Les Exilés*, Lemerre, 1866.
Théodore de Banville, « Le Laurier de la Turbie », *in Les Exilés*, Lemerre, 1866.
Marie de France, « Le Coudrier et le Chèvrefeuille », extrait du « Lai du chèvrefeuille », *in Poésies de Marie de France*, Chasseriau, 1820.
Remy de Gourmont, « Le Dit des arbres » (extrait) *in Livre des litanies*, Mercure de France, août 1894.
José-Maria de Heredia, « Le Dieu-hêtre », *in Les Trophées*, Lemerre, 1893.
Jean de La Fontaine, « Éloge de l'oranger », *in Les Amours de Psyché et de Cupidon*, 1669.
Vauquelin de la Fresnaye, « Frêne hautain, forestier et champêtre », *in* Les *Deux Premiers Livres des foresteries*, IX, Livre II, Marnefz & Bouchetz frères, 1555.
Alphonse de Lamartine, « La Branche d'amandier », *in Nouvelles méditations poétiques*, 1849.
Alphonse de Lamartine, « Chœur des cèdres du Liban », *in La Chute d'un ange*, Charles Gosselin, Furne & Cie, 1842.
Alphonse de Lamartine, « Le Chêne » (extrait), *La Chute d'un ange*, Charles Gosselin, Furne & Cie, 1842.
Alfred de Musset, sans titre, *in Poésies nouvelles*, Charpentier, 1850.
Anna de Noailles, « La Première Aubépine », *in Éblouissements*, Calmann-Lévy, 1907.
Pierre de Ronsard, « Je plante en ta faveur », *Sonnets pour Hélène*, II, 8, 1578.
Charles de Sainte-Beuve, « Sonnet », *in Poésies complètes*, Charpentier, 1840-1845.
Lucie Delarue-Mardrus, « L'Odeur de mon pays », *in Choix de poèmes*, Lemerre, 1951.
Tristan Derème, « Buis », 1910.
Marceline Desbordes-Valmore, « Les Deux Peupliers », *in Poésies*, A. Boulland, 1830.

Robert Desnos, « Le Mimosa », *in Chantefables et chantefleurs. Œuvres*, Gallimard, 1999.
Léon Dierx, « Les Filaos » (extrait), *in Poèmes et Poésies*, Lemerre, 1864.
Claude-Joseph Dorat, sans titre, *in Œuvres choisies de M. Dorat, 1764-1780*, Delalain, 1786.
Jean-François Ducis, « Le Saule malheureux », *in Poésies diverses*, Lebigre Frères, 1837.
Anatole France, « Les Sapins », *in Les Poèmes dorés*, Lemerre, 1873.
Théophile Gautier, « La fleur qui fait le printemps » (extrait), *in Émaux et camées*, Charpentier, 1852.
Théophile Gautier, « Le Pin des landes », *in España*, Lemerre, 1890.
Yvan Goll, « J'ai grimpé dans le néflier », *in Multiples femmes*, Caractère, 1956.
John Gould Fletcher, « Symphonie verte » (extrait), *in Anthologie de la poésie américaine*, Stock, 1956.
L'Arioste, « Le Genièvre », *in Sonnets d'Italie*, René Helleu/Léo S. Olshki, 1933.
Charles Le Goffic, « Les Peupliers de Kéranoux », *in Amour breton*, Plon-Nourrit, 1889.
Pamphile Le May, « À un vieil arbre », *in Les Gouttelettes. Sonnets*, Beauchemin, 1904.
André Lebey, « Les Ifs d'Irlande », *in Les Écrits nouveaux*, n°8, juin 1918, Émile Paul.
Leconte de Lisle, « Le Jaguar » (extrait), *in Poèmes tragiques*, Lemerre, 1885.
Leconte de Lisle, « Le Palmier », *in Poésies complètes 1764-1780*, Lemerre, 1858.
Leconte de Lisle, « Le Calumet du Sachem » (extrait), *in Poèmes tragiques*, Lemerre, 1884.
Livre d'Ezechiel, Ancien Testament.
Albert Lozeau, « Érable rouge », *in Le Miroir des jours*, Montréal, 1912.

Conrad Ferdinand Meyer, « Châtaignier à l'ombre noire », *in Sämtliche Werke*, Band 1, 1963.

Nicola Moscardelli, « Les Oliviers », *in Anthologie de la poésie italienne contemporaine*, Les Écrivains réunis, 1928.

Victor Nadal, sans titre, *in La Chanson rustique*, A. Didier, 1901.

Germain Nouveau, « En forêt », *in Œuvres complètes. Premiers poèmes*, Corti, 1953.

Chu Yi Pai, « En plantant un pin », *in La Poésie chinoise*, Gérard et Cie Verviers, 1966.

Boris Pasternak, « L'Allée des tilleuls », *in Ma sœur la vie et autres poèmes*, Gallimard, 1988.

Li Quingzhao, « Les Fleurs du cannelier », *in Orphée*, La Différence, 1990.

Ernest Raynaud, « Ode aux arbres » (extrait), *in À l'ombre de mes dieux*, Garnier frères, 1924.

Claude Roy, extrait de « Soleil et brume », *in Les Pas du silence, suivi de Poèmes en amont*, Gallimard, 1990.

Fernand Séverin, « Le Tremble », *Le Mercure de France*, n° 594, 15 mars 1923.

William Shakespeare, « La Chanson du saule », *in Othello*, IV, 5, Actes Sud, 1993.

Emmanuel Signoret, « Les Oliviers », *in La Souffrance des eaux*, Mercure de France, 1899.

Jean Suberville, « La Gloire des pins », *Revue de France*, n° 2, 15 janvier 1924.

Paul Valéry, « Au platane » (extrait), *in Charmes*, Éditions de la Nouvelle Revue Française, 1922.

Karel van de Woestijne, « Ô bel arbre », *in L'Ombre dorée et autres poèmes*, Orphée-La Différence, 1993.

Émile Verhaeren, « Les Vieux Chênes », *in Les Soirs*, Mercure de France, 1887.

Paul Verlaine, « Dans les bois », *in Poèmes saturniens*, Lemerre, 1866.

Renée Vivien, « À la femme aimée » (extrait), *in Études et préludes*, Lemerre, 1901.

John Wolfgang von Goethe, « Vous le dirai-je, arbres aimés », *in Symphonie n° 8 de Penderecki*, 1819.
John Wolfgang von Goethe, « Le Roi des aulnes » (extrait), 1782.
John Wolfgang von Goethe, « Ginko biloba », *in* le *Divan occidental-oriental*, 1819.
Friedrich von Schiller, « Le Saule pleureur », *in Poésies*, Stuttgart, 1837.
Walt Whitman, « J'ai vu en Louisiane pousser un chêne vert », *in Feuilles d'herbe*, Gallimard, 1930.
William Wordsworth, « En cueillant des noisettes » (extrait), *in Choix de poésies*, Les Belles Lettres, 1928.

INDEX DES POÈTES

TABLE DES MATIERES

Du même auteur

POÉSIE

Errance, La Grisière, 1962, Melis, 2001.
L'Horloge de vie, Guy Chambelland, 1966. Prix Marie Noël.
Miroir oblique, SGDP, 1969.
Silencieuse entrave au temps, SGDP, 1973. Prix Charles Vildrac de la Société des gens de lettres.
Les Grandes Baleines bleues, SGDP, 1973.
En soi le chaos, SGDP, 1975. Prix Max Jacob.
Solaire Apocalypse, La Grisière, 1976.
Niveaux de survie, Belfond, 1978.
Dits d'un monde en miettes, SGDP, 1982.
Le Voyageur absent, Grasset, 1982. Prix Apollinaire.
La Peau du monde, Belfond, 1987. Prix Gustave Gasser des écrivains de Bourgogne.
Poèmes, Le Cherche midi, 1990. Grand Prix de poésie de l'Académie française.
Hommes continuels, Belfond, 1994. Grand Prix des poètes de la Sacem.
La Cendre et l'étoile, Le Cherche Midi, 2005. Grand Prix de poésie de la SGDL.
Le Regard et l'énigme, œuvre poétique 1958-2008, Le Cherche Midi, 2008, regroupant tous les recueils antérieurs. Prix Méditerranée pour l'ensemble de l'œuvre.

ANTHOLOGIES DE POÉSIE ET D'HUMOUR

Pierre Dac, *Les Pensées*, Le Cherche midi, 1972.
Cent poètes pour jeunes d'aujourd'hui, Le Cherche Midi, 1980.
L'Humour des poètes, Le Cherche midi, 1981.
Les Cent Plus Beaux Textes sur le vin, avec Louis Orizet, Le Cherche Midi, 1981.
Les Plus Beaux Poèmes pour les enfants, Le Cherche midi, 1981, France Loisirs, 1998, Le Livre de Poche, 2004, 2007, 2010, 2016.
Les Cent Plus Beaux Poèmes de la langue française, France Loisirs, 1985, Le Cherche Midi, 1994, Le Livre de Poche, 2002, 2008.
Anthologie de la poésie française, Larousse, 1988, 1995, 1998, 2007, 2010.
Jules Renard, *Les Pensées*, Le Cherche Midi, 1990.
Bibliothèque de poésie en 16 volumes, France Loisirs, 1992.

Une anthologie de la poésie amoureuse, XIIe-XXe siècle, Bartillat, 1997-2007.
Les Plus Beaux Poèmes d'amour de la langue française, France Loisirs, 1995, Le Cherche Midi, 1995, Le Livre de Poche, 2006, 2008.
Les Poètes et le rire, Le Cherche Midi, 1999.
Le Livre d'or de la poésie française, France Loisirs, 1999.
Les Plus Beaux Sonnets de la langue française, Le Cherche Midi, 1999, France Loisirs, 2000.
Alphonse Allais, *Les Pensées*, Le Cherche Midi, 2000.
Rivarol, *Les Pensées*, Le Cherche Midi, 2001.
Les Plus Beaux Poèmes de Victor Hugo, Le Cherche Midi, 2002.
Les Plus Belles Pages de la poésie tendre et sentimentale, Le Cherche Midi, 2003.
La Poésie française contemporaine, Le Cherche Midi, 2004.
Le Petit Livre des pensées les plus drôles, Le Cherche Midi, 2004.
Le Petit Livre des répliques les plus drôles, Le Cherche Midi, 2004.
La Bibliothèque de poésie en 4 volumes, France Loisirs, 2004.
Le Petit Livre des pensées amoureuses, Le Cherche midi, 2005.
Les Plus Beaux Poèmes d'amour du Moyen Âge à nos jours, Le Cherche Midi, 2006, Le Livre de Poche, 2007.
Poésie de langue française. Anthologie thématique, Le Cherche Midi, 2013.
Un jour, un poème, 365 chefs-d'œuvre de la poésie française, présentés par Jean Orizet, Omnibus, 2014.
La Sagesse du monde en 100 poèmes, First Éditions, 2015.
Les Plus Beaux Poèmes du Moyen Âge à nos jours, Gründ, 2015.
100 poèmes du monde pour les enfants, Le Cherche Midi, 2016.

ESSAIS ET MONOGRAPHIES

Schneider, La Différence, 1984.
Histoire de l'entretemps, La Table ronde, 1985.
« Debré, un buveur d'univers », *in La Poussière d'Adam*, Le Cherche Midi, 1997.
Les Aventures du regard, Jean-Pierre Huguet, 1999.
Entretiens avec Claude Mourthé, « À voix nue », France Culture, Jean-Pierre Huguet, 2000.
Jean-Marc Brunet, Fragments Éditions, 2003.
Le Voyageur de l'entretemps, Melis Éditions, 2004.
L'Entetemps, brèves histoires de l'art, La Table ronde, 2005

Kâma Sutra, textes sur des œuvres de Michel Four, Fragments International, 2009.

ROMANS

L'Épaule du cavalier, Le Cherche Midi, 1991.
L'Homme fragile, Le Castor Astral, 2002.
L'Attrapeur de rêves, Melis éditions, 2006.

RÉCITS

Dupont le poète, Librairie Saint-Germain-des-Prés, 1972.
Le Miroir de Méduse, Le Cherche Midi, 1994.
La Poussière d'Adam, Le Cherche Midi, 1997.
La Vie autrement, Le Cherche Midi, 1998.
Lettre à Claude Érignac, l'ami assassiné, Le Cherche Midi, 2003, 2008.
Les Forêts de l'impossible, œuvre en prose 1, Le Cherche Midi, 2011.
Mémoires d'entretemps, œuvre en prose 2, Le Cherche Midi, 2012.
Le Poète et le préfet. Histoire d'une amitié, Éditions du Petit Véhicule, 2016.
Retour à Ithaque, Jacques André Éditeur, 2019.
De l'autre côté du temps, Éditions Glyphe, 2023.

OUVRAGES EN COLLABORATION

Menton, Le Cherche Midi, 1987.
Cuisine-moi des étoiles, entretiens avec Antoine Westermann, Le Cherche Midi, 2009.
Yves Piaget, *Orfèvre du temps*, dialogues avec Jean Orizet, Le Cherche Midi, 2010.
Georges Dubœuf, *Beaujolais*, *La passion en partage*, Le Cherche Midi, 2016.
J'aime la France, Éditions Glyphe, 2022.
Rêveries bocaliques, avec Nathalie Perakis-Valat, Éditions Odyssée, 2024.
Les Arbres du voyageur, avec Jean-Marc Brunet, Éditions A/B, 2024.

Achevé d'imprimer par
Normandie Roto Impression s.a.s. à Lonrai
N° d'impression : 2501873

Imprimé en France